La Rivière
du sixième jour

Norman Maclean

La Rivière
du sixième jour

(Et au milieu coule une rivière)

roman

TRADUIT DE L'AMÉRICAIN
PAR MARIE-CLAIRE PASQUIER

deuXTEMPS
TIERCE

TEXTE INTÉGRAL

EN COUVERTURE : Affiche du film

ALLIED FILMMAKERS PRÉSENTE
"ET AU MILIEU COULE UNE RIVIERE"
CRAIG SHEFFER   BRAD PITT
TOM SKERRITT
BRENDA BLETHYN ET EMILY LLOYD
COSTUMES BERNIE POLLACK ET KATHY O'REAR
MUSIQUE MARK ISHAM
COPRODUCTEURS ANNICK SMITH WILLIAM KITTREDGE
ET BARBARA MALTBY
MONTAGE LYNZEE KLINGMAN, A.C.E.
DÉCORS JON HUTMAN
PHOTO PHILIPPE ROUSSELOT, A.F.C.
PRODUCTEUR EXÉCUTIF JAKE EBERTS
D'APRÈS L'HISTOIRE DE NORMAN MACLEAN
SCÉNARIO RICHARD FRIEDENBERG
PRODUIT PAR ROBERT REDFORD ET PATRICK MARKEY
MISE EN SCÈNE PAR ROBERT REDFORD

Titre original : *A River runs through it*
Éditeur original : The University of Chicago Press
© 1976, 1983, The University of Chicago Press

ISBN 2-02-019508-9
(ISBN 2-903144-75-3, 1re publication)

© Éditions Deuxtemps Tierce, pour la traduction française, 1992

Présentation
par Michèle Gazier

Tous ceux qui aiment les ronds de lumière à travers les branches, les jours immobiles de plein été, les miroitements de l'eau, les rivières transparentes et dorées qui courent sur les cailloux, la musique des torrents de montagne, la pêche à la ligne, les complicités fraternelles, en un mot, tous ceux qui ont la nostalgie de la nature, de l'enfance ou simplement des vacances, tous ceux-là plongeront avec bonheur dans *La Rivière du sixième jour*. Simplicité et poésie quasi biblique de ce récit de Norman Maclean, professeur de littérature à l'université de Chicago, né dans le Montana et mort en 1990, à l'âge de quatre-vingt-sept ans, quelque quatorze ans après la rédaction de cet inoubliable roman.

« Dans notre famille, nous ne faisions pas clairement la différence entre la religion et la pêche à la mouche » : ainsi pénétrons-nous dans le clan des Maclean, composé du père, pasteur, sauveur d'âme et pêcheur de poissons, de la mère et des deux fils, le narrateur et son cadet Paul, aussi marginal dans la vie de tous les jours que génial à la canne à lancer. Là, dans ce Montana bien nommé, le pasteur et ses fils sont des hommes d'une rude vigueur montagnarde, des champions de la pêche à la mouche qui tutoient la rivière en artistes.

Et les années passent, les fils grandissent, s'en vont. L'aîné, Norman, universitaire et plutôt sage, se marie. Paul, le cadet, est un journaliste de province non dénué de talent. A l'inverse de ces rivières avec lesquelles il communie dans la paix retrouvée et dans la beauté magique de son geste de lanceur, sa vie, elle, est tumultueuse, dangereuse. Volontiers bagarreur, joueur invétéré, marginal, Paul vit des soirées d'enfer dont il ne partage le secret avec personne. Il est à la fois l'ange des berges poissonneuses et le démon de nuits alcooliques qui se terminent de plus en plus souvent au poste de police...

La Rivière du sixième jour ne raconte jamais que cela : quelques jours de la vie d'un homme, sous le regard de son frère qui l'aime et assiste, impuissant, à sa destruction. Seules les parties de pêche qui les réunissent sont des oasis de beauté, des îlots de bonheur pur, les diamants d'une vie enchâssée dans le cours tumultueux et inéluctable du temps.

La Rivière du sixième jour est un livre de soleil et d'ombre, de doute et de certitude. Soleil de ces heures passées dans l'intimité d'une nature qui s'offre à qui l'aime et la connaît. Même ceux qui, *a priori*, ne sont pas séduits par le charme discret de la pêche à la ligne, se laisseront prendre à la poésie de ces parties de lancer où l'homme, devenu danseur au-dessus des torrents, joue comme au premier matin du monde avec l'eau, ses rêves, les leurres et les truites au dos noir dont il connaît le langage et les rites. Elles veillent, avides et sournoises sous l'eau claire, avec la complicité des plantes et des arbres. « Les saules qui bordent la rivière sont, croyez-moi, tous dans le camp des poissons », souligne Norman Maclean qui avoue plus loin que ce récit est né, il y a très longtemps « dans la rumeur de l'eau ». C'est de cette rumeur que jaillissent les mots et les images, évocations sonores et lumineuses d'un temps à jamais retrouvé.

Mais l'ombre plane, noire comme la mort qui guette Paul au sortir de cette eau salvatrice dans laquelle il vit pleinement sa vie brève et son unique passion. Ombre et lumière..., dans l'arène de la ville, loin des montagnes protectrices, de

II

l'eau pure des torrents, l'heure est venue de la mise à mort.

Norman Maclean a évité tous les pièges du pathos, toute la rhétorique fade de la fatalité. Un dieu silencieux préside aux destinées de cette famille qui se reconnaît plus dans l'intimité des gestes familiers que dans les conversations bavardes ou les aveux stériles. Dieu chrétien du ciel, enseigné par le père, mais surtout dieu du fleuve, de la nature, de l'harmonie d'un monde qui ignore les rixes et les bistrots, les mensonges de la cité et les faux semblants de la civilisation. Hors de sa vérité, point de salut pour l'homme d'action et d'aventure. L'homme de mots, l'écrivain, trouvera, lui, dans le souvenir et dans l'écriture la force de ne pas oublier.

Il n'était sans doute pas facile de ressusciter par l'image et le cinéma la mystérieuse beauté de ces pages de poésie pure et de silence. Robert Redford a relevé le défi avec talent. Sous le titre : *Et au milieu coule une rivière*, il reprend le récit de Norman Maclean en toute fidélité mais en lui donnant, cependant, une connotation nouvelle. Les frères Maclean revus par Robert Redford sont plus proches des écologistes américains d'aujourd'hui que des innocents campagnards qui flirtaient avec une nature que personne encore ne songeait à défendre car personne en ce temps-là ne la pensait menacée. Mais le lecteur émerveillé et exigeant de Maclean ne résistera pas à la somptueuse splendeur des paysages, au charme des héros (Paul qui ressemble comme un jumeau tardif à Robert Redford jeune sait être d'une présence totale alors même qu'il ne dit rien), à ces scènes de pêche à la mouche réglées comme des ballets et pourtant naturelles et pures comme l'eau qui court sur les cailloux. Ce que Redford a sans doute le mieux saisi ou du moins le mieux rendu dans son adaptation cinématographique, c'est cette inexorable fuite du temps, qui coule telle la rivière et emporte à jamais les secrets de bonheur bref et les indicibles souffrances. Pris comme nous par la magie des mots et des silences, le metteur en scène a su réduire au minimum le dialogue laissant opérer le charme des phrases de Maclean, dites en voix off. Car plus encore que l'image, dans ce film d'amour pur, c'est le mot, le rêve et le temps qui restent rois.

Né dans le Montana en 1903, professeur de littérature à l'université de Chicago pendant quarante ans, Norman Maclean écrivit ce roman autobiographique à l'âge de 73 ans, en souvenir de son frère Paul. Mort en 1990, il n'a pu voir l'adaptation cinématographique de Robert Redford, Et au milieu coule une rivière.

Dans notre famille, nous ne faisions pas clairement le partage entre la religion et la pêche à la mouche. Nous habitions dans l'ouest du Montana, au confluent des grandes rivières à truites, et notre père, qui était pasteur presbytérien, était aussi un pêcheur à la mouche qui montait lui-même ses mouches et apprenait aux autres à monter les leurs. Il nous avait expliqué, à mon frère et à moi, que les disciples de Jésus étaient tous des pêcheurs, nous laissant entendre – ce dont nous étions intimement persuadés tous les deux – que les meilleurs pêcheurs du lac de Tibériade étaient tous des pêcheurs à la mouche, et que Jean, le disciple préféré, pêchait à la mouche sèche.

Certes, un jour par semaine était entièrement consacré à la religion. Le dimanche, nous commencions par aller, mon frère Paul et moi, à l'école du dimanche. Ensuite nous assistions au culte du matin pour entendre notre père faire son

5

sermon. Le soir, nous allions aux réunions de « L'Aide au prochain », puis au culte du soir pour entendre notre père faire son second sermon. Entre temps, le dimanche après-midi, nous devions passer une heure à apprendre par cœur le *Petit catéchisme de Westminster* et le réciter à notre père avant de pouvoir l'accompagner sur les collines où il allait se promener pour se détendre entre les deux offices. Il se contentait toujours, en fait, de nous poser la toute première question du catéchisme : « Dans quel but l'homme a-t-il été créé ? » Pour que l'autre puisse continuer si l'un de nous deux avait un trou, nous répondions tous les deux en chœur : « L'homme a été créé pour glorifier Dieu et jouir de Lui éternellement ». Cela semblait toujours lui suffire, ce qui se comprend étant donné que c'est une réponse magnifique. Et puis il avait hâte de se retrouver là-haut pour réparer ses forces spirituelles et faire le plein d'énergie pour le sermon du soir. Sa façon à lui de se regonfler à bloc, c'était de nous réciter des morceaux du sermon qu'il allait faire, agrémentés de tel ou tel passage particulièrement réussi du sermon du matin.

N'empêche que, pendant toute notre enfance, notre emploi du temps habituel, à Paul et à moi, comportait à peu près autant d'heures de leçons de pêche à la mouche que d'heures consacrées à toutes les autres disciplines spirituelles réunies.

Le jour où nous sommes devenus bons pêcheurs nous-mêmes, nous nous sommes rendu compte que notre père n'était pas un grand lanceur de mouches, mais il avait le geste élégant et précis, et il portait toujours un gant pour lancer. Tout en boutonnant son gant pour se préparer à nous donner une leçon, il nous disait : « C'est un art qui se pratique sur un rythme à quatre temps sans jamais dépasser un angle compris entre dix heures et deux heures sur un cadran dont la main serait le centre ».

En tant qu'Écossais et en tant que presbytérien, mon père croyait que l'homme est par nature une créature assez mal venue qui a chu de l'état de grâce originel. J'avais dans l'idée que cette chute avait dû se produire en tombant d'un arbre. Quant à mon père, je n'ai jamais su s'il croyait en un Dieu mathématicien, mais ce qu'il croyait dur comme fer en tout cas, c'est que Dieu sait compter, et que ce n'est qu'en sachant retrouver les rythmes originels de la Création que nous pourrons recouvrer puissance et beauté. Contrairement à beaucoup de presbytériens, mon père employait volontiers les mots « beau », « magnifique », « de toute beauté ».

Quand il avait fini de boutonner son gant, il prenait sa canne à pêche ; il la brandissait droit devant lui et elle se mettait à trembler au rythme de ses battements de cœur. Bien que mesurant huit pieds et demi de long, elle ne pesait pas plus de cent vingt-cinq grammes. Elle était faite en bambou refendu de la lointaine baie du Tonkin. Elle était entourée de ligatures en fils de soie rouge et bleue, ligatures soigneusement espacées pour donner de la puissance à la canne délicate sans toutefois la raidir au point qu'elle ne puisse plus trembler.

En parlant d'elle, il fallait toujours dire une canne. Si quelqu'un avait le malheur de parler de gaule, mon père lui jetait le même regard qu'un sergent instructeur jetterait à un Marine qui dirait fusil au lieu de carabine.

Mon frère et moi aurions préféré de beaucoup apprendre à pêcher en allant directement sur le terrain, sans nous embarrasser de tous ces préliminaires techniques compliqués qui ne faisaient que nous gâcher le plaisir.

Mais le plaisir n'avait pas sa part dans l'idée que se faisait notre père de l'initiation à son art. Si on l'avait cru, on n'aurait jamais permis à quelqu'un qui ne sait pas pêcher dans les règles de faire à un poisson l'affront de l'attraper. Et vous qui n'avez encore jamais tenu en main une canne à mouche, il va falloir vous initier à cet art avec la rigueur des Marines et des presbytériens, et vous découvrirez bientôt que, sur le plan des faits aussi bien que sur le plan théologique, il est avéré que l'homme est par nature une créature assez mal venue. La chose de cent vingt-cinq grammes entourée de ligatures de soie qui tremble sous l'impulsion du moindre mouvement du corps devient un bout de bois sans cervelle qui refuse de faire ce qu'on lui demande, même si ça n'a pas l'air bien compliqué. Tout ce qu'une canne a à faire, en somme, c'est de soulever de l'eau la ligne, le bas-de-ligne et la mouche, de les projeter d'une bonne secousse au-dessus de la tête du pêcheur, et de les lancer en avant de façon à ce que ces trois éléments atterrissent dans l'eau sans éclaboussure et dans l'ordre suivant : la mouche, le plomb transparent, et en tout dernier la ligne ; faute de quoi le poisson s'apercevra que la mouche est fausse, et il filera. Bien sûr, il existe des lancers spéciaux dont n'importe qui peut deviner à l'avance qu'ils seront difficiles et qu'ils réclament du savoir-faire et du talent – des lancers où la ligne ne peut pas être projetée au-dessus de la tête du pêcheur parce qu'il y a des falaises ou des arbres juste derrière, ou bien des lancers à l'oblique pour faire passer la mouche sous des saules qui se penchent dans l'eau. Mais qu'y a-t-il de bien malin dans un lancer simple où il s'agit de prendre une canne avec sa ligne et de lancer la ligne au-dessus de la rivière ?

Eh bien, jusqu'au jour où l'homme sera racheté, il lancera toujours sa canne trop loin en arrière, tout comme un débutant prendra toujours trop d'élan avec sa hache ou avec son club de golf, et perdra toute sa force quelque part à mi-course. Sauf qu'avec une canne c'est encore pire, parce que la mouche file quelquefois si loin en arrière qu'elle va s'accrocher à un buisson ou à un rocher. Quand mon père disait que c'est un art qui ne doit pas dépasser la position deux heures, il ajoutait souvent : « Plus près de midi, en fait, que de deux heures », voulant dire par là que la canne doit à peine être lancée plus loin en arrière qu'à la verticale, midi représentant la position verticale.

Et donc, étant donné qu'il est naturel chez l'homme de chercher à atteindre la puissance sans attendre d'avoir recouvré la grâce, il fouette la ligne d'avant en arrière en la faisant siffler dans les deux sens, allant parfois jusqu'à détacher la mouche du bas-de-ligne. Mais l'élan qui devait servir à amener la mouche au-dessus de la rivière se trouve au lieu de ça, sans qu'on sache trop comment, servir à faire une sorte de nid d'hirondelle composé d'une ligne, d'un bas-de-ligne et d'une mouche, nid d'hirondelle qui tombe de là-haut et vient atterrir dans la rivière à environ dix pas du pêcheur. Mais si le pêcheur se représente l'aller et le retour que doivent effectuer la ligne, le bas-de-ligne transparent et la mouche, entre le moment où ils quittent l'eau et le moment où ils y retournent, le lancer devient plus facile. Bien sûr, ce qui sort de l'eau en premier, c'est la ligne, qui est plus lourde, et en second le bas-de-ligne transparent, qui est léger, avec la mouche qu'il entraîne à sa suite. Mais, au moment où ils passent à la verticale, il faut marquer un petit temps d'arrêt pour que le bas-de-ligne et la mouche puissent rattraper la ligne plus lourde et se remettre derrière elle. Sinon, la ligne en début de parcours de retour va heurter le bas-de-ligne et la mouche qui sont encore en fin de parcours aller, et le résultat de cette collision, ce sera le nid d'hirondelle qui vient atterrir à dix pas du pêcheur.

Presqu'au moment, en fait, où l'ordre du trajet vers l'avant – ligne, bas-de-ligne, mouche – est rétabli, il faut le renverser, parce que la mouche et le bas-de-ligne transparent doivent arriver dans l'eau avant la lourde ligne. Si ce que voit le poisson, c'est la ligne bien en évidence, ce que le pêcheur, lui, va voir, c'est toute une série de points sombres dans l'eau qui filent à toute vitesse, et il peut tout de suite aller se chercher un autre plan d'eau. Aussi, avant de relancer vers l'avant, la canne étant à peu près à la position dix heures, le pêcheur marque à nouveau un petit temps d'arrêt.

Le rythme à quatre temps est, bien sûr, fonctionnel. Un, c'est la ligne, le bas-de-ligne et la mouche qui sortent de l'eau. Deux, c'est le moment où ils sont lancés, dirait-on, droit vers le ciel. Trois, comme disait mon père, c'est le moment où, arrivés là-haut, le bas-de-ligne et la mouche doivent marquer un petit temps d'arrêt pour venir se replacer derrière la ligne qui va prendre le départ vers l'avant. Et quatre, c'est : mettez toute la gomme et fouettez la ligne vers la canne jusqu'à la position dix heures. À ce moment-là, contrez le mouvement, laissez la mouche et le bas-de-ligne passer devant la ligne pour se préparer à atterrir en douceur, sans un pli. La vraie puissance, ce n'est pas de faire porter l'effort partout tout le temps, mais de savoir où et quand l'appliquer. « Rappelez-vous », disait tout le temps mon père, « c'est un art qui se pratique sur un rythme à quatre temps, entre la position dix heures et la position deux heures ».

Il y avait certaines questions relatives à l'univers sur lesquelles mon père n'avait pas l'ombre d'un doute. Toutes les bonnes choses, estimait-il, – que ce soit la truite ou le salut de l'âme – viennent par la grâce. La grâce vient par l'art, et l'art est difficile.

Mon frère et moi, nous avons donc appris la pêche au lancer à la manière presbytérienne, au métronome. Mon père se servait du métronome de ma mère qui, en temps ordinaire, se trouvait sur le piano, chez nous en ville. De temps en temps, ma mère s'inquiétait et, de la véranda du bungalow, elle jetait un coup d'œil sur le ponton, se demandant si un métronome qui tombe à l'eau, ça flotte. Quand elle s'énervait trop et qu'elle venait le reprendre d'un pas qui ébranlait le ponton, mon père tapait lui-même dans ses mains arrondies en coupe le rythme à quatre temps.

À la fin de notre apprentissage, il nous fit connaître les livres écrits sur le sujet. Il s'appliquait à trouver toujours une formule élégante pendant qu'il boutonnait le gant de la main qui allait lancer. « Izaak Walton », nous dit-il quand mon frère avait treize ou quatorze ans, « n'est pas un écrivain respectable. C'était un épiscopalien et un pêcheur à l'asticot ».

Bien que de trois ans mon cadet, Paul était déjà très en avance sur moi pour tout ce qui avait rapport à la pêche. Il avait trouvé un jour un exemplaire du *Parfait pescheur à la ligne*, de Walton, et m'avait fait le commentaire suivant : « Cet imbécile ne sait même pas l'orthographe. En plus, il écrit des chansons pour des laitières ». Je m'étais fait prêter le livre et j'avais fait le commentaire suivant : « Certaines de ses chansons sont pas mal du tout ». À quoi il m'avait répondu : « Tu en as déjà vu, toi, des laitières, sur la Big Blackfoot ? » « Ce que j'aimerais », avait-il dit, « c'est l'emmener à la pêche avec moi sur la Big Blackfoot – avec un pari à la clef ».

Il était sincèrement en colère, mon petit frère, et il se serait fait un plaisir, j'en suis bien certain, d'empocher le fric de cet épiscopalien de Walton.

Durant l'adolescence – peut-être même tout au long de la vie – avoir trois ans de plus que son frère fait qu'on le considère souvent comme un petit frère. Mais je savais déjà que, dans l'art de la pêche au fouet, il allait passer maître. Outre la théorie et la pratique, il avait tous les atouts nécessaires : le flair, la chance, et une totale confiance en soi. Déjà à cet âge-là, il aimait lancer des paris à quiconque venait pêcher avec lui – y compris moi, son frère aîné. C'était drôle quelquefois, mais d'un autre côté pas tellement, de voir un gosse qui n'arrête pas de lancer des paris et qui gagne presque à coup sûr. Même moi qui avais trois ans de plus que lui, je me trouvais trop jeune pour parier. Il me semblait que c'était réservé aux types qui portent un chapeau de paille rejeté en arrière sur la nuque. Aussi, j'étais dans mes petits souliers les deux premières fois où il m'a demandé si je ne voudrais pas « qu'on fasse un petit pari, tous les deux, histoire de corser un peu les choses ». La troisième fois, je m'étais sans doute mis en colère, parce qu'à partir de là, il ne m'a plus jamais parlé d'argent, même pas pour me demander de lui avancer quelques dollars quand il était à court.

Nous devions prendre beaucoup de précautions, lui et moi, dans nos rapports. J'avais beau penser à lui comme à mon petit frère, je ne pouvais pas le traiter en gamin. Il n'était pas « le gosse ». C'était un maître dans l'art de la pêche au fouet. Il n'avait pas besoin des conseils de son grand frère, ni de son fric, ni de son aide. Ni alors, ni jamais, je n'ai pu lui venir en aide.

Une des toutes premières choses que deux frères veulent à tout prix savoir, c'est ce qui les distingue l'un de l'autre. Et donc une des toutes premières choses qui m'aient frappé chez Paul, c'est cet amour des paris qu'il avait. Il se rendait aux foires des environs pour faire comme les hommes, parier sur les chevaux, sauf que personne ne voulait accepter ses paris parce qu'il était trop jeune et qu'il voulait miser de trop petites sommes. Quand quelqu'un refusait de prendre son pari, il disait, comme pour Izaak Walton ou tout autre rival potentiel : « Ce salaud, j'aimerais bien l'emmener un jour pêcher sur la Blackfoot – avec un pari à la clef ».

Il avait à peine plus de vingt ans que déjà il fréquentait les cercles de joueurs de poker professionnels, à Hot Springs.

Les circonstances, de leur côté, n'ont fait qu'accentuer nos différences. Au moment de la guerre de 14, tous les hommes étaient mobilisés, la forêt manquait de bras. Je me suis donc mis à travailler, à quinze ans, pour les Eaux et Forêts, et ensuite, plusieurs étés de suite, j'ai continué à travailler, soit pour les Eaux et Forêts, soit dans des camps de bûcherons. J'aimais la forêt, j'aimais ce genre de travail, mais ça veut dire que pendant un bon nombre d'étés, je n'ai guère eu l'occasion de pêcher. Paul, lui, était trop jeune pour manier la hache ou la scie à bois toute la journée et, en plus, il s'était déjà fixé les deux grands objectifs de sa vie : aller à la pêche et ne pas travailler – tout du moins ne jamais faire un travail qui l'empêcherait d'aller à la pêche. Donc, entre quinze et vingt ans, il s'était fait engager comme maître-nageur adjoint par la piscine municipale. Cela lui permettait d'aller pêcher en fin d'après-midi et, pendant le reste de la journée, il pouvait reluquer les filles en maillot de bain et leur filer des rendez-vous pour le soir.

Quand est venu le moment de choisir un métier, il est devenu reporter pour un journal du Montana. Il était donc arrivé assez tôt à atteindre les objectifs qu'il s'était fixés, et qui n'entraient nullement en contradiction, dans son esprit, avec la réponse à la première question du *Catéchisme de Westminster*.

Sans aucun doute, nos différences apparaissaient d'autant plus clairement que nous formions une famille étroitement unie. Sur l'un des murs de notre école du dimanche, on lisait les mots : « Dieu est amour ». Il nous était toujours apparu comme évident que cette phrase s'adressait directement à nous quatre, sans aucune référence au monde extérieur, un monde dont nous avions tôt fait de découvrir, mon frère et moi, qu'il était peuplé de salauds de la pire espèce, surtout au fur et à mesure que l'on s'éloignait de Missoula dans le Montana.

Ce que nous partagions également, c'était notre certitude d'être, l'un et l'autre, des durs à cuire. Plus nous grandissions, plus nous en étions convaincus, et cela, alors même que nous approchions de la trentaine, peut-être même au-delà. Mais, même pour ce trait de caractère, il y avait entre nous des différences. Si j'étais un dur, c'est parce que j'avais été façonné par des institutions qui vous endurcissent : les Eaux et Forêts, les camps de bûcherons. Paul, lui, était un dur, parce qu'il se savait capable de résister à n'importe quelle institution. Ma mère et moi regardions horrifiés, matin après matin, la même scène : le pasteur presbytérien s'efforçant de faire manger du porridge à son jeune fils. Mon père lui aussi était horrifié, d'abord de voir un enfant né de ses propres entrailles refuser de manger les flocons d'avoine du bon Dieu, ensuite de voir cet enfant, au fur et à mesure que les jours passaient, se montrer plus têtu que lui. Pendant que le pasteur fulminait, l'enfant courbait la tête au-dessus de son assiette, mains jointes, comme si son père était en train de dire le bénédicité. L'enfant ne manifestait que par un seul signe sa rage intérieure : ses lèvres se mettaient à gonfler. Plus mon père s'échauffait, plus le porridge refroidissait, et mon père finissait par éclater.

Et non seulement chacun de nous deux savait qu'il était lui-même un dur, mais il savait aussi que c'est ce que l'autre pensait de lui-même. Paul savait qu'il m'était arrivé de diriger des équipes de lutte contre les incendies de forêt et que, s'il avait été sous mes ordres et que je l'aie vu se soûler pendant le travail, comme ça lui arrivait quand il était en reportage, je lui aurais dit de rentrer au camp, de rempocher sa fiche de présence et de se tirer vite fait. Et moi, je savais qu'il y avait à peu près autant de chances de l'embrigader dans la lutte contre les incendies de forêt que de lui faire avaler son porridge.

Nous partagions aussi une même théorie concernant les rixes. Si tu vois qu'une bagarre se prépare, sois le premier à donner un coup de poing. Nous étions tous les deux convaincus que la plupart des salauds sont surtout des crâneurs, même ceux qui ont vraiment l'air mauvais. Dès qu'ils sentent une ou deux dents qui se déchaussent, ils se frottent la bouche, ils regardent le sang sur leur main, et ils proposent de payer une tournée. Et même, au cas où ils auraient encore envie de se battre, mon frère disait : « Quand la bagarre commence, tu as un bon coup de poing d'avance ».

Il n'y a qu'un ennui, avec cette théorie, c'est qu'elle n'est juste que statistiquement. De temps en temps, vous tombez sur un type qui aime autant se battre que vous, et qui est plus fort que vous. Si vous commencez par lui déchausser deux ou trois dents, il risque de vouloir vous tuer.

Il était inévitable, sans doute, que mon frère et moi nous nous affrontions un jour dans une bagarre mémorable qui serait aussi la dernière. Quand le grand jour est arrivé, vu nos théories sur les rixes, ça a été, comme dans les chansons de geste, foudroyant. Je ne peux pas dire que j'aie tout vu du début à la fin. Je n'ai pas vu ma mère s'approcher pour essayer de nous séparer. Elle était petite et elle portait des lunettes et, même avec ses lunettes, elle voyait mal. Elle n'avait jamais assisté à une bagarre, et ne soupçonnait pas qu'on risque, si on s'approche de trop près, de recevoir un mauvais coup. Elle s'est donc tout simplement avancée pour séparer ses deux fils. Tout ce que j'ai vu d'elle, au début, c'est le sommet de son crâne grisonnant, avec ses cheveux relevés en un gros chignon dans lequel était pris un peigne. Mais ce que j'ai remarqué surtout, c'est que sa tête était si près de celle de Paul que cela m'empêchait de lui décocher le bon coup de poing prévu. Et puis je ne l'ai plus vue.

La bagarre a eu l'air de s'arrêter d'elle-même. Notre mère

était allongée par terre entre nous deux. Alors nous nous sommes mis à pleurer tous les deux et à nous battre avec rage en criant chacun : « Espèce de salaud, regarde ce que tu as fait à ma mère ».

Elle s'est relevée, aveugle sans ses lunettes, elle a titubé de l'un à l'autre en décrivant des cercles et elle a dit, sans savoir auquel des deux elle s'adressait : « Non, ça n'est pas toi, j'ai glissé et je suis tombée, voilà tout ».

Ce fut notre unique bagarre.

Peut-être que nous nous sommes toujours demandé lequel de nous deux était le plus dur. Mais certaines questions qui remontent à l'enfance, si, passé un certain seuil, elles sont restées sans réponse, on ne peut plus jamais les poser. Nous avons donc recommencé à nous traiter avec égards, conformément à ce qui était inscrit sur le mur. Nous avions aussi le sentiment que les forêts et les rivières, quand nous les parcourions ensemble, nous traitaient avec égards.

Il est vrai qu'il ne nous arrivait plus que rarement d'aller pêcher ensemble. Nous avions l'un et l'autre plus de trente ans maintenant, et quand je dis « maintenant », à partir d'ici, c'est de l'été 1937 que je parle. Mon père avait pris sa retraite, ma mère et lui vivaient à Missoula, la ville de notre enfance, et Paul était reporter à Helena, la capitale de l'État. Moi j'étais « parti me marier », pour reprendre la formule de mon frère concernant cet événement de ma vie. Je vivais avec la famille de ma femme dans la petite ville de Wolf Creek. Mais, étant donné que Wolf Creek n'est qu'à soixante-cinq kilomètres d'Helena, on se voyait encore de temps en temps, ce qui veut dire qu'on allait de temps en temps à la pêche ensemble. En fait, si j'étais venu à Helena cette fois-ci, c'était précisément pour arranger un projet de pêche avec lui.

La vérité, c'est aussi que ma belle-mère m'avait demandé de le faire. Ça ne m'enchantait pas, mais j'étais pratiquement sûr que mon frère finirait pas dire oui. Il ne me disait jamais non carrément et il aimait beaucoup ma belle-mère et ma femme, qu'il englobait dans la formule inscrite sur le mur, même s'il ne comprenait vraiment pas ce qui m'était « passé par la tête » pour que l'idée de mariage ait pu seulement m'effleurer.

Je me suis trouvé nez à nez avec lui devant le Montana Club, édifice érigé jadis par de riches chercheurs d'or sur le site même de Last Chance Gulch où l'on avait soi-disant découvert de l'or. Il n'était que dix heures du matin, mais j'avais dans l'idée que s'il était là, c'était sans doute pour se payer un verre. Avant de pouvoir m'en assurer, j'avais quelque chose à lui annoncer.

J'ai donc commencé par là, à quoi mon frère a répondu : « Autant le voir arriver que de me pendre ».

J'ai dit à mon frère : « Allez, sois gentil. C'est mon beau-frère ».

Mon frère a dit : « Je ne veux pas pêcher avec lui. Il vient de la côte ouest et il pêche à l'asticot ».

« Oh, arrête, tu sais parfaitement qu'il est du Montana et qu'il y a passé toute sa jeunesse. Il a son boulot sur la côte ouest, c'est tout. Là, il revient pour ses vacances et il a écrit à sa mère qu'il veut aller à la pêche avec nous, avec toi en particulier. »

Mon frère a dit : « Presque tous les habitants de la côte ouest sont nés dans les Rocheuses. Mais comme ils étaient incapables de pêcher à la mouche, ils ont émigré là-bas, et ils sont devenus avocats, notaires, chefs comptables, P.D.G. de compagnies aériennes, ou missionnaires mormons ».

Je ne savais toujours pas s'il était venu boire un verre, mais ce ne serait en tout cas pas le premier.

On était là tous les deux à se regarder de travers, aussi furieux l'un que l'autre de la situation, mais faisant attention

17

à ne pas laisser les choses s'envenimer. La vérité, c'est que nous n'étions pas loin d'être d'accord, au fond, au sujet de mon beau-frère. Il m'était peut-être encore plus antipathique qu'à Paul, et ça n'a rien d'agréable, je vous jure, de retrouver sur la figure de quelqu'un qu'on n'aime pas un air de famille avec votre femme.

« En plus » , a dit mon frère, « il pêche à l'appât. Tous ces types du Montana, une fois qu'ils sont sur la côte ouest, ils passent leurs soirées dans les bars à la ramener, comme quoi ils ont passé leur jeunesse dans les montagnes, où ils étaient tous soi-disant chasseurs, trappeurs, pêcheurs au fouet. Mais quand ils reviennent chez eux, à peine ils ont embrassé leur mère sur le pas de la porte que les voilà déjà au fond du jardin, une boîte de conserve à la main, à déterrer des vers ».

Mon frère et son rédacteur en chef écrivaient pratiquement à eux deux tout le journal d'Helena. Le rédacteur en chef était l'un de ces journalistes qui suivent la bonne vieille tradition des attaques *ad hominem*. Il commençait à boire tôt le matin pour n'avoir pas de pitié à revendre tout le reste de la journée. Mon frère et lui avaient beaucoup d'admiration l'un pour l'autre. Le reste de la ville les craignait, d'autant plus qu'ils avaient du talent. Dans un monde hostile, tous les deux avaient la chance d'avoir une famille qui les aime.

Je me rendais compte que j'empêchais mon frère de suivre son idée et d'entrer se payer un verre et, effectivement, il a fini par dire : « Allons nous en jeter un ».

J'ai commis l'erreur de prendre le ton de quelqu'un qui ne veut pas avoir l'air de critiquer ouvertement. J'ai dit : « Excuse-moi, Paul, mais je ne bois jamais le matin ».

Dans mon désir d'enchaîner très vite sur autre chose, j'ai ajouté – ce qui n'était guère à mon honneur : « C'est Florence qui m'a demandé de te demander ».

Je trouvais odieux de ma part de m'abriter derrière ma

belle-mère. Une des raisons pour lesquelles nous l'aimions, Paul et moi, c'est qu'elle avait quelque chose de notre père. Ils étaient tous les deux d'origine écossaise – *via* le Canada –, ils avaient tous les deux les yeux bleus et des cheveux blond roux qui étaient franchement roux quand ils étaient plus jeunes, et tous les deux aplatissaient leurs diphtongues à la manière des Canadiens qui, s'ils étaient poètes, feraient rimer « town » avec « tune ».

Je ne pouvais pas, malgré tout, me faire trop de reproches, parce que c'est bien elle qui m'avait poussé à demander, et elle m'avait troublé en mêlant à sa flatterie une part de vérité. « Bien que je ne connaisse rien à la pêche », m'avait-elle dit, « je sais que Paul est un crack ». C'était une affirmation complexe. Elle savait vider les poissons quand les hommes avaient oublié de le faire, elle savait les préparer, et surtout elle savait pousser des cris d'admiration quand elle entrebâillait le panier du pêcheur. Elle savait donc tout ce qu'une femme de son époque avait à savoir en matière de pêche, mais il n'en était pas moins exact de dire qu'elle n'y connaissait strictement rien.

« Ça me rassurerait beaucoup de savoir que Neal est avec vous », avait-elle conclu, espérant sans doute que nous aurions une influence bénéfique sur sa personne au moins autant que sur son lancer.

Dans notre ville, quand on parlait de nous, on disait « les mômes du pasteur », et les mères étaient tentées de nous montrer du doigt à leurs enfants, mais pour cette Écossaise, nous étions « les fils de Monsieur le pasteur ». En outre, en tant que pêcheurs à la mouche, nous passions des journées entières enfoncés dans l'eau froide jusqu'à la taille – situation qui fait très nettement obstacle à l'immoralité (encore que, comme la suite allait le montrer, l'obstacle puisse en certains cas être surmonté).

« Le pauvre garçon », avait-elle dit en roulant ses « r », à l'écossaise. Plus que d'autres, les mères écossaises ont eu à faire face à l'errance et au péché et, pour elles, tout fils est un fils prodigue qu'on accueille à bras ouverts à son retour au bercail. Les hommes de ces familles, cela dit, sont beaucoup plus réticents quand ils voient débarquer l'enfant prodigue, et ils ne l'accueillent que grâce à la puissante influence des femmes.

« Bon, d'accord », a dit Paul, « si c'est Florence qui le demande ». Et je savais que, une fois qu'il avait donné sa parole, je n'entendrais plus un mot de protestation.

« Allons boire un coup », ai-je dit, et me voilà, à dix heures et quart, en train de nous offrir la première tournée.

Juste avant dix heures et quart, j'ai annoncé à Paul que Neal arrivait à Wolf Creek dans deux jours et que le lendemain, on devait tous aller pêcher sur l'Elkhorn. « Pique-nique familial », ai-je annoncé.

« O.K. d'accord », a-t-il répondu. L'Elkhorn est une toute petite rivière qui se jette dans le Missouri. Paul et moi, nous étions des pêcheurs de gros poissons qui considérions avec mépris les maris dont la femme vous dit, la bouche en cœur : « Chez nous on préfère les petits, on les trouve meilleurs ». Mais l'Elkhorn n'est pas dépourvue d'atouts, parmi lesquels une truite géante dite truite brune qui remonte le courant depuis le Missouri.

Bien que l'Elkhorn ait nos préférences en tant que petite rivière, Paul, après avoir payé notre deuxième tournée, m'a dit : « Je n'ai rien qui presse jusqu'à demain soir. Qu'est-ce que tu dirais de prendre la journée, rien que toi et moi, et d'aller pêcher un coup dans la grande rivière avant ce fameux pique-nique ».

Nous avons pêché ensemble, Paul et moi, dans pas mal de grandes rivières, mais quand l'un de nous deux disait « la grande rivière », l'autre savait qu'il s'agissait de la Big Black-foot. Nous en avons connu de plus grandes mais c'est la plus puissante, et cela vaut pour ses poissons, si on les compare à d'autres, à poids égal. Elle coule dru et en ligne droite. Vue d'avion ou sur une carte, c'est quasiment une ligne droite, d'est en ouest, qui va de Rogers Pass, sur la ligne de partage des Rocheuses où elle prend sa source, jusqu'à Bonner, dans le Montana, où elle se jette dans le bras sud de la Columbia. Elle coule dru tout du long.

Près de la source, il y a un thermomètre bloqué à 69,7 degrés Fahrenheit au-dessous de zéro. Moins cinquante-six degrés centigrades : c'est la température la plus basse jamais enregistrée sur le territoire des États-Unis (si l'on excepte l'Alaska). De la source à l'embouchure, ce sont des glaciers qui ont frayé le cours de l'Elkhorn. Sur les cent pre-miers kilomètres, la rivière fut plaquée contre la paroi sud de la vallée par des glaciers venus du Nord qui scarifièrent la terre. Les quarante derniers kilomètres furent creusés du jour au lendemain lorsque le grand lac glaciaire qui recouvrait le nord-ouest du Montana et le nord de l'Idaho brisa son verrou de glace et répandit sur les centaines de kilomètres des grandes plaines de l'État de Washington ce qui restait des montagnes du Montana et de l'Idaho. C'est le plus vaste déluge dont la terre ait gardé des traces géologiques. Ce fut un événement d'une telle ampleur que l'esprit humain a pu tout juste le concevoir, mais n'en eut la preuve qu'avec les photographies prises à partir de satellites terrestres.

La ligne droite sur la carte va aussi dans le sens de l'hypo-thèse glaciaire. Il n'y a pas de vallée sinueuse, et les quelques fermes qu'on trouve sont presque toutes situées sur ceux des affluents méridionaux qui ne furent pas soumis à l'influence des glaciers. Au lieu de s'ouvrir sur une vaste plaine alluviale près de l'embouchure, la vallée, qui fut découpée du jour au

lendemain par un lac en voie de disparition quand le grand
verrou de glace fondit, la vallée, disais-je, devient de plus en
plus étroite. C'est au point que si l'on veut y faire tenir une
rivière, une vieille voie ferrée destinée au transport du bois,
et une route pour les automobiles, il faut que deux des trois
s'accrochent à flanc de coteau.

Ce n'est pas un habitat de tout repos pour la truite. La
rivière est torrentielle, et les eaux sont trop rapides pour que
des algues nourricières puissent pousser sur les rochers. La
truite n'est donc jamais grasse et dodue, et elle détient sans
doute les records de saut en hauteur de sa catégorie.

Il faut dire également que la Big Blackfoot est la rivière
que nous connaissions le mieux, mon frère et moi. Nous
avions commencé à y pêcher peu après le début du siècle – et
notre père avant nous. Nous la considérions comme la
rivière de la famille, elle faisait pour ainsi dire partie de nous,
et c'est bien malgré moi que je dois aujourd'hui la céder aux
ranchs pour touristes, au tout-venant des habitants de Great
Falls et aux envahisseurs barbares de Californie.

Tôt le lendemain matin, Paul est passé me chercher à
Wolf Creek et nous avons traversé Rogers Pass, là où le thermomètre est bloqué à tout juste trois dixièmes de degré au-
dessus de moins soixante-dix degrés Fahrenheit. Comme
d'habitude, surtout lorsqu'il était si tôt, nous avons observé
un silence respectueux jusqu'à la ligne de partage des
Rocheuses, mais nous nous sommes mis à bavarder à l'instant même où nous avons eu le sentiment que nous étions
drainés vers un autre océan. Paul avait presque toujours une
histoire à me raconter où il était invariablement le person-
nage principal sans jamais être le héros.

Ses histoires d'après la ligne de partage des Rocheuses, il
les racontait sur un ton léger en apparence, presque poé-
tique, ce ton qu'empruntent volontiers les reporters quand

ils font un article centré sur « l'intérêt humain ». Mais sans le ton, on se serait aperçu que ses histoires le montraient toujours sous un jour qui n'aurait pas reçu l'approbation de sa famille, et qu'elles racontaient quelque chose que j'aurais bien fini par savoir, tôt ou tard. Peut-être qu'il se sentait obligé, comme par une sorte de point d'honneur, de m'apprendre qu'il vivait aussi d'autres vies. Il déguisait ses histoires en énigmes insérées dans une anecdote amusante. Souvent je ne savais pas sur le moment ce qu'il m'avait appris sur lui cependant que nous traversions la ligne de partage entre nos deux univers.

« Tu sais », a-t-il commencé cette fois-là, « il y a bien une quinzaine de jours que je n'ai pas pêché dans la Blackfoot ». Au début, ses histoires avaient toujours l'allure objective d'un documentaire. Il avait pêché tout seul, la pêche n'avait pas été trop bonne, si bien que pour atteindre son quota, il avait dû pêcher jusqu'au soir. Étant donné qu'il comptait rentrer directement à Helena, il avait remonté le Nevada Creek sur une vieille route de terre battue qui suivait le tracé du cadastre et qui tournait à angles droits pour suivre ce tracé. Il y avait clair de lune, il était fatigué, il aurait aimé avoir près de lui un ami qui l'empêche de s'endormir. Et tout d'un coup, un gros lièvre avait surgi sur la route et s'était mis à courir devant ses phares. « Je faisais attention à ne pas rouler trop vite », a-t-il dit, « parce que je ne voulais pas perdre un ami ». Il a ajouté qu'il conduisait la tête hors de la portière pour se sentir proche du lièvre. Si l'on imaginait sa tête en plein clair de lune, son récit prenait des allures poétiques. Le monde vague du clair de lune était percé par le triangle de lumière blanche des phares de la voiture. Au centre de ce triangle isocèle il y avait le lièvre qui, à part la longueur de ses bonds, était devenu un lapin à pattes blanches. Le lièvre phosphorescent faisait de son mieux pour rester au centre du

23

triangle mais il avait peur de perdre du terrain et, quand il se retournait pour vérifier, ses yeux brillaient du blanc et du bleu qu'il captait dans le reste de l'univers. Mon frère m'a dit : « Je ne sais pas comment expliquer ce qui s'est passé ensuite, mais à un endroit, il y avait un tournant à angle droit, le lièvre l'a vu et moi pas ».

Plus tard, il a mentionné en passant que ça lui avait coûté cent soixante-quinze dollars pour faire réparer sa voiture. Or, en 1937, on pouvait pratiquement se faire refaire une voiture neuve avec cent soixante-quinze dollars. Ce dont il n'a pas dit mot, c'est du fait que, s'il ne buvait jamais pendant qu'il pêchait, il se mettait toujours à boire tout de suite après.

Pendant toute une partie du trajet le long de la Blackfoot, je me suis demandé si mon frère venait de me raconter une anecdote journalistique « à intérêt humain », où la malchance donne lieu à des effets d'humour, ou s'il venait de me raconter qu'il avait trop bu et qu'il avait bousillé tout l'avant de sa voiture.

Étant donné que ça n'avait guère d'importance, dans un cas comme dans l'autre, j'ai finalement décidé d'oublier tout ça — ce que, comme vous voyez, je n'ai pas fait. Mais je me suis tout de même mis à penser à ce canyon où nous allions pêcher.

Le canyon qui se trouve au-dessus du vieux pont de Clearwater est l'endroit où la Blackfoot est le plus assourdissante. L'échine d'une montagne a refusé de céder, si bien que la montagne comprime la rivière déjà puissante, la réduisant à tout un vacarme écumant avant de la laisser passer. À cet endroit, bien sûr, la route quitte la rivière. Même une piste indienne n'a pas pu trouver place dans le canyon. Et en 1806, lorsque Lewis quitta Clark pour remonter la Blackfoot, il fit un détour prudent pour éviter de passer par là. Ce n'est pas un endroit pour les petits poissons ni pour les pêcheurs timorés. Le bruit lui-même de la rivière renforce la puissance des poissons ou, en tout cas, intimide le pêcheur.

Quand nous pêchions dans le canyon, nous pêchions du même côté pour une raison bien simple, c'est qu'il n'y a aucun endroit dans tout le canyon où l'on puisse traverser à gué. J'entendis sans le voir Paul qui passait près de moi pour aller pêcher plus en amont, puis je n'entendis plus rien, et je compris qu'il s'était arrêté pour voir comment je m'en tirais. Je n'ai jamais prétendu être un crack, mais je me considère comme un pêcheur honorable, c'est quelque chose qui est important dans ma vie, et j'aime faire bonne figure, surtout quand je pêche avec mon frère. Là, même avant de constater que le silence se prolongeait, j'étais bien obligé d'admettre que je faisais piètre figure.

J'ai un réel attachement sentimental pour le canyon, mais je dois reconnaître que, pour un pêcheur de mon acabit, ce n'est pas l'endroit idéal. Pour avoir une chance de réussite il faut lancer le plus loin possible mais, la plupart du temps, il y a des falaises ou des arbres juste derrière le pêcheur, si bien qu'on est obligé de tenir toute sa ligne devant soi. C'est un peu comme si un lanceur de base-ball était privé de sa prise d'élan, et cela oblige à se servir de ce qu'on appelle un « lancer roulé », type de lancer très délicat que je ne suis jamais vraiment arrivé à maîtriser. Le pêcheur doit mettre assez de ligne dans son lancer pour pouvoir lancer loin sans rejeter de ligne derrière lui et, à partir d'un très petit arc de cercle, il doit lancer avec assez d'élan pour que la ligne aille tout droit le plus loin possible dans l'eau.

Il commence par accumuler le supplément de ligne qu'il lui faut en ramenant très, très lentement le lancer précédent, de telle sorte qu'il reste dans l'eau une quantité inhabituelle de ligne, et que ce qui est sorti forme une espèce de demi-cercle détendu. Il agrandit la boucle en relevant tout droit le bras du lancer et en armant le poignet jusqu'à la position une heure et demie. Il y a à ce moment-là toute la ligne voulue devant le pêcheur, mais il n'a pas trop de toutes ses forces pour la soulever en l'air et la projeter dans l'eau de manière à ce que la mouche et le bas-de-ligne se posent avant la ligne. Le bras sert de piston, le poignet est la détente du revolver, et le corps tout entier participe à l'élan. Est également important le fait que le supplément de fil qui reste dans l'eau jusqu'à la dernière seconde donne au lancer un tremplin. C'est un peu comme l'attaque du serpent à sonnettes, avec une bonne partie de la queue au sol qui sert d'appui à son élan. Pour le serpent à sonnettes, c'est un geste tout naturel, mais moi j'ai toujours eu du mal.

Paul connaissait ma susceptibilité quant à mes talents de pêcheur et il évitait de me donner des conseils pour ne pas avoir l'air condescendant, mais là, il était resté à me regarder si longtemps qu'il ne pouvait pas repartir sans rien dire. Il finit par dire : « Les poissons sont plus loin ». Craignant d'avoir compromis l'équilibre familial, il ajouta très vite : « Un tout petit peu plus loin ».

J'ai rembobiné très doucement ma ligne, ne regardant pas derrière moi pour ne pas voir Paul. Peut-être regrettait-il d'avoir parlé, mais ayant dit ce qu'il avait dit, il fallait qu'il ajoute quelque chose : « Au lieu de ramener la ligne droit vers toi, ramène-la en diagonale par rapport à la direction du courant. La diagonale donnera plus d'appui à ta boucle, tu pourras mettre plus d'élan dans ton lancer et aller te poser un peu plus loin ».

Ensuite, il fit celui qui n'avait rien dit et je fis celui qui n'avait rien entendu mais, dès qu'il fut reparti, c'est-à-dire immédiatement, je me mis à ramener ma ligne en diagonale, et ça alla tout de suite mieux. Dès que je sentis que j'arrivais à me poser un peu plus loin, je courus chercher un nouveau plan d'eau pour repartir dans la vie à zéro.

La rivière était magnifique à cet endroit-là, aussi bien pour un photographe que pour un pêcheur, sauf que les deux n'auraient pas visé le même endroit. C'était une cascade à fleur de rivière. L'éperon rocheux était à une soixantaine de centimètres sous l'eau, de sorte que toute la rivière se soulevait en une seule vague, se fouettait en écume, puis retombait sur elle-même et là, elle devenait bleue. Une fois remise du choc, elle revenait en arrière pour voir comment elle était tombée.

Dans cet endroit où la rivière explosait en couleurs et en tourbillons propres à attirer un photographe, aucun poisson n'aurait pu vivre. Les poissons étaient dans les remous à faible courant, en plein dans l'écume sale, cette saleté étant justement ce qui les attirait. Une partie des taches brillantes qu'on apercevait venait du pollen des pins de la rive, mais la saleté était surtout composée d'une bouillie comestible d'insectes qui n'avaient pas résisté à la cascade.

Je me mis à étudier la situation. Mon lancer roulé m'avait certes fait gagner disons un mètre, mais il fallait encore réfléchir avant de lancer pour compenser certains de mes autres défauts. Au moins j'étais sur la bonne voie. J'avais repéré l'endroit où pouvait se trouver un gros poisson, et j'avais compris pourquoi.

Alors il s'est passé une chose curieuse. Je l'ai vu, de mes yeux vu. Un dos noir s'est soulevé et renfoncé aussitôt dans l'écume. Je croyais presque avoir vu les épines de sa nageoire dorsale mais je me suis corrigé en me disant : « Pour que tu puisses les voir d'ici, il faudrait qu'il soit vraiment énorme ». Et j'ai même ajouté : « Tu n'aurais même pas vu ce poisson au milieu de toute cette écume si tu n'avais pas commencé par te dire qu'il devait être là ». Malgré tout, je n'arrivais pas à m'ôter de l'idée que je venais de voir le dos noir d'un gros poisson. Étant souvent obligé de réfléchir, dans la vie, je sais que bien souvent, je ne verrais pas les choses si je n'avais pas commencé par les imaginer.

Voir ce poisson dont j'avais commencé par penser qu'il se trouvait là m'amena à me demander dans quel sens il nageait. « Rappelle-toi », me dis-je, « quand tu feras ton premier lancer, que tu l'as vu dans les remous, là où l'eau se retourne vers l'amont en tourbillonnant. Il doit donc nager en aval et non pas en amont, comme ce serait le cas s'il était dans le courant principal ».

Par association d'idées, je fus amené à me demander quelle mouche j'allais utiliser et j'en vins à la conclusion qu'il valait mieux prendre une grosse mouche, montée sur du 4 ou du 6, si ce que je voulais attraper, c'était cette grosse bosse que j'avais vue dans le remous.

De la mouche, je remontai jusqu'à l'autre extrémité du lancer, et je me demandai d'où j'allais bien pouvoir lancer ma ligne. À la hauteur de la cascade, il y avait d'énormes rochers ; je jetai mon dévolu sur l'un des plus gros, je vis comment j'allais pouvoir l'escalader et je me dis que, d'une telle hauteur, je pourrais lancer plus loin. Oui, mais la question suivante, c'était : « Et si par hasard j'attrape ce poisson, comment vais-je faire pour l'amener sur la rive, si je suis perché là-haut ? » Je fus donc obligé de choisir un rocher moins gros, qui ne me permettrait pas de lancer aussi loin, mais d'où je pourrais me laisser glisser sans lâcher ma canne avec le gros poisson qui gigote au bout.

J'en arrivais petit à petit à la question que tout pêcheur doit se poser avant de faire son premier lancer : « Si un gros poisson mord, comment vais-je faire pour le ramener à terre ? »

Ce qu'il y a de formidable avec la pêche à la mouche, c'est qu'au bout d'un moment plus rien au monde n'existe que des questions portant sur la pêche à la mouche. Souvent, ces questions prennent la forme d'un dialogue où l'espoir et la peur – plus souvent, deux peurs – s'efforcent de l'emporter.

La peur numéro un regarda le profil de la rive et me dit (à

moi, troisième interlocuteur, distinct des deux autres) : « Il n'y a que des rochers sur au moins vingt-cinq mètres, mais ne t'affole pas et tâche de le ramener sans avoir à aller jusqu'au premier banc de sable ».

La peur numéro deux prit alors la parole et dit : « Le premier banc de sable n'est pas à vingt-cinq mètres, mais à au moins trente-cinq mètres d'où tu es. Il a fait chaud, la bouche du poisson sera molle et, si tu dois te battre avec lui sur trente-cinq mètres, il y a toutes les chances pour qu'il s'extirpe de l'hameçon avant de quitter l'eau. Je sais que ça n'est pas commode, mais tu ferais mieux d'essayer de l'amener sur un rocher situé plus près ».

La peur numéro un reprit : « Il y a dans la rivière un gros rocher qu'il faudra bien que tu dépasses avant de pouvoir ramener le poisson, mais si tu tiens ta ligne assez serrée pour le garder du bon côté du rocher, tu as de fortes chances de le perdre en route ».

La peur numéro deux intervint : « Oui, mais si tu le laisses nager de l'autre côté du rocher, ta ligne se coincera en dessous et là tu le perdras à coup sûr ».

Voilà comment vous comprenez que vous avez trop réfléchi – quand vous n'êtes plus qu'un dialogue entre « tu as de fortes chances de le perdre » et « tu vas le perdre à coup sûr ». Mais je ne m'arrêtai pas entièrement de réfléchir, je me contentai de changer de sujet. Ce n'est pas ce qu'on vous apprend, mais c'est humain, en somme, de passer un moment, avant de lancer, à se demander ce que le poisson doit penser de son côté, même si sa cervelle n'est pas plus grosse qu'un œuf de poisson, et même s'il est difficile lorsqu'on nage soi-même sous l'eau de penser à quoi que ce soit. Malgré tout, personne n'est jamais arrivé à me faire croire que tout ce qu'un poisson connaît, ce serait la faim et la peur. Je me suis exercé moi-même à ne penser qu'à ça, et franchement, si les pensées d'un poisson se limitaient à ça, je ne vois pas comment il ferait pour jamais atteindre ou dépasser la taille de quinze centimètres. Il m'arrive, en fait, de me raconter qu'un poisson se raconte toutes sortes de choses fort agréables. Ainsi, mon poisson au dos noir, allongé bien au frais dans l'eau pleine de bulles qui tombait de la cascade : il regardait en aval et il voyait l'écume pleine de victuailles remonter en amont comme une caféteria flottante qui vient au-devant de sa clientèle. Il s'imaginait probablement que l'écume tachetée était du lait de poule saupoudré de cannelle. Et une fois que les blancs d'œuf s'étaient séparés et qu'il avait pu voir ce qu'il y avait sur la rive, il s'était probablement dit : « J'ai drôlement de la veine que ce soit ce type et pas son frère qui s'apprête à pêcher dans les parages ».

Je me suis raconté tout ça, et d'autres choses encore qui ne m'ont finalement servi à rien, et puis j'ai lancé et je l'ai attrapé.

Je suis resté calme jusqu'au moment où j'ai essayé de lui retirer l'hameçon de la bouche. Il était allongé, tout couvert de sable, sur le petit banc de sable où j'avais réussi à l'amener. Ses branchies s'ouvraient pour recueillir ses avant-derniers soupirs. Et puis tout d'un coup il s'est dressé sur sa tête et m'a frappé de sa queue en faisant voler le sable de tous les côtés. Doucement d'abord, puis de plus en plus fort, mes mains se sont mises à trembler, et j'avais beau les regarder, consterné, je n'arrivais pas à les en empêcher. J'ai quand même fini par réussir à ouvrir la grande lame de mon couteau, et elle a dérapé plusieurs fois sur son crâne avant de lui traverser la cervelle.

J'ai eu beau essayer de le plier, il était bien trop grand pour mon panier et il avait la queue qui ressortait.

Il avait sur la peau des tavelures noires qui ressemblaient à des petits crustacés. On aurait dit un poisson de mer avec ses bernacles. Quand je suis passé près de mon frère, au plan d'eau suivant, je l'ai vu observer la queue et enlever lentement son chapeau, sans que ce geste soit un hommage à ma prouesse de pêcheur.

J'avais un poisson et donc je me suis assis pour regarder travailler un pêcheur.

Il a sorti ses cigarettes et ses allumettes de la poche de sa chemise, il les a fourrées dans son chapeau et il a bien ajusté le chapeau sur sa tête. Puis il a enlevé le panier en osier qu'il portait en bandoulière, et se l'est passé à l'épaule pour pouvoir s'en débarrasser rapidement s'il s'enfonçait trop dans l'eau. Même s'il analysait la situation, lui ne s'arrêtait pas pour réfléchir. Du rocher où il était, il a sauté dans le courant et a nagé en direction d'un abrupt rocheux à moitié immergé dans la rivière et qui séparait le courant en deux bras. Il nageait tout habillé en s'aidant de sa seule main gauche – avec la droite il brandissait sa canne hors de l'eau. Parfois, tout ce que je voyais, c'était le panier et la canne, et à d'autres moments, quand le panier se remplissait d'eau, tout ce que je voyais, c'était la canne.

Le courant l'a plaqué contre l'abrupt rocheux et il a dû accuser le choc, mais il lui restait assez de force dans les doigts de la main gauche pour s'accrocher à une anfractuosité, sinon il aurait été entraîné dans l'eau bleue au-dessous de lui. Il fallait encore qu'il se hisse jusqu'en haut de l'abrupt, avec les doigts de sa main gauche et son coude droit dont il se servait comme un prospecteur de son pic. Quand il a fini par apparaître juché sur le rocher, ses vêtements, plaqués sur lui, étaient comme liquéfiés, on les aurait dits prêts à couler jusqu'à la rivière.

Une fois qu'il a été bien droit sur ses pieds, il s'est secoué, comme un canard ou comme un chien, les pieds écartés, le corps un peu tassé, la tête oscillant de droite à gauche. Puis il a assuré son équilibre et il a commencé ses lancers. Et le monde entier ne fut plus qu'un monde d'eau.

Au-dessous de lui et tout autour de lui coulait la rivière. Des deux côtés du rocher qui séparait le courant en deux s'élevait une vapeur à gros grains. Les mini-molécules d'eau nées dans le sillage de la ligne de Paul formaient comme des boucles d'éphémères fils de la vierge qui disparaissaient si rapidement dans la vapeur que seule la mémoire pouvait, en les prolongeant un instant, matérialiser ces boucles. La fine écume qui émanait du corps de Paul l'enfermait dans un halo qui avait sa forme. Ce halo ne cessait d'apparaître et de disparaître, comme la lueur clignotante d'une chandelle. Les images successives de lui et de sa ligne disparaissaient les unes après les autres dans les vapeurs nées de la rivière qui montaient en spirale jusqu'au sommet des falaises. Une fois là-haut, ces vapeurs devenaient guirlandes au vent et elles allaient bientôt se fondre dans les rayons du soleil.

La rivière en amont et en aval du rocher où était Paul était connue pour abriter de grandes truites dites arc-en-ciel. Paul lançait bien fort en amont, bas sur l'eau, effleurant l'eau de sa mouche sans la laisser se poser. Puis il pivotait, renversait sa ligne en un grand arc de cercle au-dessus de sa tête, et il la relançait bien fort, bas sur l'eau, en aval cette fois, effleurant à nouveau l'eau de sa mouche. Il refaisait quatre ou cinq fois ce grand cercle, créant un mouvement d'une immense amplitude qui, apparemment, n'aboutissait à rien si vous ne saviez pas, même sans le voir, que quelque part au milieu de la rivière une petite mouche se baignait dans une vaguelette. L'immensité ressurgissait soudain, comme un coup au cœur, lorsque la Big Blackfoot et l'air au-dessus d'elle étaient brusquement irisés par les flancs arqués d'une grande truite arc-en-ciel.

Paul appelait cela « le lancer à l'ombre-de-mouche » et, franchement, je ne sais que penser de la théorie qui sous-tendait cette méthode, théorie selon laquelle les poissons seraient mis en alerte par l'ombre de la mouche qui passe à la surface de l'eau lors des premiers lancers et, du coup, se jetteraient sur la mouche à l'instant même où elle touche l'eau. C'est la théorie de « l'apéritif », en quelque sorte, et c'est presque trop beau pour être vrai. Mais il est vrai aussi que tout grand pêcheur a un certain nombre de trucs qui marchent pour lui et pour personne d'autre. Pour ma part, le lancer « à l'ombre-de-mouche » ne m'a jamais réussi, faute sans doute de force dans le bras et le poignet pour faire des moulinets au-dessus de l'eau avec la ligne jusqu'à ce que le poisson s'imagine qu'il y a là-haut tout un essaim de mouches.

Les vêtements plaqués par l'eau permettaient d'apprécier la puissance physique de mon frère. La plupart des grands lanceurs que j'ai connus étaient de grands types de plus d'un mètre quatre-vingts, et il est certain que le fait d'être grand permet de faire tournoyer sa ligne plus fort et avec un plus grand rayon. Mon frère ne mesurait qu'un mètre soixante-quinze mais il pêchait depuis tant d'années que son corps avait été en partie façonné par le lancer. Il avait trente-deux ans, il était au sommet de sa forme, il pouvait investir sans réserve son âme et son corps dans les vertus magiques d'un mât totémique qui pesait un peu moins de cent trente grammes. Il avait dépassé depuis longtemps le lancer au poignet tel que l'enseignait mon père, mais malgré tout son poignet droit avait un tel rôle à jouer qu'il était devenu plus gros que l'autre. Son bras droit – ce même bras droit que mon père gardait toujours serré contre lui pour bien mettre l'accent sur l'action du poignet – sortait de sa chemise comme le bras d'un robot, et il était, lui aussi, plus gros que le bras gauche.

Quand il faisait pivoter ses épaules et ses hanches, sa chemise remontait et se déboutonnait. On comprenait mieux pourquoi c'était un tel bagarreur, et surtout un bagarreur qui tient à décocher de sa main droite le premier coup de poing.

Le rythme était quelque chose d'aussi important que la couleur et tout aussi compliqué. C'était un rythme qui venait se plaquer sur un autre, le rythme de base étant toujours le rythme à quatre temps de la ligne et du poignet qu'enseignait notre père. Mais par là-dessus, il y avait le piston à deux temps de son bras et, enveloppant le tout, le rythme plus lent, à quatre temps, du grand huit que faisait la boucle à l'envers de sa ligne.

Le canyon tout entier resplendissait de rythmes et de couleurs.

J'ai entendu des voix derrière moi, c'était un homme et une femme qui avançaient sur la piste, portant chacun une canne dont ils n'allaient sans doute pas se servir. Tout ce qu'ils voulaient, sans doute, c'était se promener ensemble et puis, si ça se trouvait, cueillir quelques myrtilles pour en faire une tarte. À l'époque, il n'existait guère de vêtements de sport pour femmes. La femme était une grande femme plutôt forte, elle portait une simple salopette d'homme et ses seins généreux débordaient du haut de la salopette. C'est elle qui a vu en premier mon frère pivoter là-haut sur son rocher. Elle a dû avoir l'impression qu'il s'agissait plus ou moins d'un as du rodéo qui fait son numéro de lasso et qu'il ne lui manquait que de sauter à pieds joints dans la boucle et hors de la boucle.

Tout en se faisant à tâtons un petit coussin d'aiguilles de pin pour s'asseoir, elle ne le quittait pas des yeux. « Ça alors ! » a-t-elle dit.

Son mari à son tour s'est arrêté et, planté là, il a dit : « Ben merde alors ! » De temps en temps il répétait : « Ben merde alors ! » Chaque fois, sa femme opinait. C'était une de ces respectables Américaines qui n'oseraient jamais employer des gros mots elles-mêmes, mais qui aiment bien entendre leur mari en dire, et pour qui ça finit par être un besoin, comme la fumée de cigare.

J'ai commencé à me diriger vers le plan d'eau suivant. « Oh ben non », a-t-elle dit, « vous allez bien attendre qu'il revienne, non, pour voir son gros poisson ? »

« Non », ai-je répondu, « j'aime mieux garder le souvenir des molécules d'eau ».

Elle a eu l'air de se dire que j'étais complètement timbré, alors j'ai ajouté : « Je le verrai plus tard, son poisson ». Et pour qu'elle comprenne quelque chose à ce que je disais, j'ai dû ajouter : « C'est mon frère ».

Et tandis que je reprenais mon chemin, mon dos me disait qu'ils me suivaient des yeux, à la fois en se disant que j'étais quelqu'un, puisque j'étais son frère, et aussi que je ne tournais pas tout à fait rond avec mes histoires de molécules d'eau.

Étant donné que nos poissons étaient assez gros pour que ça mérite d'aller boire quelques verres ensuite et de bavarder longuement, nous sommes rentrés tard à Helena. Sur le chemin du retour, Paul m'a demandé : « Pourquoi est-ce que tu ne passerais pas la nuit avec moi et on irait à Wolf Creek demain matin ? » Il a ajouté qu'il était « pris pour la soirée », mais qu'il rentrerait peu après minuit. J'ai su plus tard qu'il devait être aux environs de deux heures du matin quand j'ai entendu quelque chose qui sonnait, que j'ai émergé des brumes de la rivière et des molécules d'eau pour me réveiller en tendant la main vers le téléphone. Au bout du fil, il y avait une voix qui demandait : « Vous êtes le frère de Paul ? » « Qu'est-ce qui s'est passé ? », ai-je demandé. La voix m'a dit : « Je vous demande de venir le voir ». Pensant que la ligne était mauvaise, j'ai tapé sur le téléphone. « Qui êtes-vous ? », ai-je demandé. La voix a répondu : « Je suis le brigadier de service qui vous demande de venir voir votre frère ».

Quand je suis arrivé à la prison, j'avais mon carnet de chèques à la main. Le brigadier de service a secoué la tête et il a dit : « Non, non, vous n'avez pas à verser de caution pour lui. C'est lui qui est chargé de notre secteur pour son journal, on le connaît bien. Tout ce que je vous demande, c'est d'aller le voir et de le ramener chez lui ».

Puis il a ajouté : « Mais il faudra qu'il revienne. Il y a un type qui va lui faire un procès. Peut-être bien deux types ».

Ne voulant pas me retrouver en présence de mon frère sans avoir une petite idée de ce que j'allais trouver, j'ai insisté : « Mais enfin, qu'est-ce qui s'est passé ? » Quand le brigadier a estimé que le moment était venu, il a fini par me dire : « Il a cassé la gueule à un type, et le type a deux dents qui manquent et plein d'estafilades ». J'ai demandé : « Et le deuxième type, pourquoi est-ce qu'il veut lui faire un procès ? » « Parce qu'il a cassé de la vaisselle, et aussi une table. Le deuxième type, c'est le propriétaire du restaurant. Le type à qui il a cassé la gueule a atterri sur une des tables. »

Au bout de tout ça, j'étais prêt à aller voir mon frère, mais il était clair que si le brigadier avait tenu à me faire venir, c'était parce qu'il avait deux mots à me dire. Il m'a dit : « Ça arrive un peu trop souvent ces temps-ci. Il boit trop ». Il m'en avait déjà dit plus que je ne voulais en savoir. Dans notre relation, à mon frère et à moi, c'était peut-être ça, le fond du problème : je n'avais jamais envie d'en apprendre trop long sur mon frère.

Pour terminer, le brigadier a fini par sortir ce qu'il voulait vraiment me dire : « Et puis surtout, à Hot Springs, il a des dettes de poker. Quand on joue au poker avec les caïds de

Hot Springs, ça n'est pas sain de faire des dettes. Vous et votre frangin, vous vous prenez pour des durs parce que vous faites de temps en temps le coup de poing. Mais à Hot Springs, attention, c'est pas la cour de récréation. Hot Springs c'est le poker poker, avec des grosses mises, et tout le tremblement ».

Entre l'effort de m'arracher brutalement à des molécules de sommeil et le fait d'entendre des choses que je n'avais pas envie d'apprendre, je n'arrivais pas à mettre mes idées en place. « Commençons par le commencement », ai-je dit. « Pourquoi est-ce qu'il est là et est-ce qu'il est blessé ? »

Le brigadier m'a répondu : « Il n'est pas blessé, juste la gueule de bois. Il boit trop. À Hot Springs, ils ne se soûlent jamais, les caïds ». J'ai dit au brigadier : « Continuons. Qu'est-ce qu'il fait là ? »

D'après le récit du brigadier, Paul et sa petite amie étaient allés vers minuit manger un morceau au restaurant Weiss — endroit qui avait beaucoup de succès aux environs de minuit étant donné que dans le fond il y avait des boxes où l'on pouvait s'isoler avec sa petite amie en tirant les rideaux. « La fille », a dit le brigadier, « c'était cette Indienne métisse avec qui il sort. Vous voyez qui je veux dire », a-t-il ajouté, comme pour me mêler à la chose.

Apparemment, Paul et sa petite amie étaient à la recherche d'un box vide lorsque tout à coup, d'un box devant lequel ils venaient de passer, un type avait sorti sa tête entre les rideaux et crié « Yahooooo ! » Paul lui avait donné un coup de poing sur la tête, lui faisant sauter deux dents et envoyant le corps dinguer sur la table qui s'était renversée, blessant le type et sa petite amie avec des morceaux de vaisselle cassée. Le brigadier m'a dit : « Le type m'a dit : "Bon Dieu, tout ce que je voulais dire, c'est que c'est marrant de sortir avec une Indienne. C'était une blague quoi" ».

J'ai dit au brigadier : « Ça n'avait rien de très drôle », et le brigadier m'a dit : « Rien de très drôle, d'accord, mais ça va lui coûter un bon paquet, à votre frère, et du temps, pour se tirer de là. Ce qu'il y a de moins drôle, je vais vous dire, c'est ses dettes de jeu à Hot Springs. Est-ce que vous ne pouvez pas l'aider à se mettre en règle ? »

« Je ne sais pas quoi faire », ai-je avoué au brigadier.

« Je vois ce que vous voulez dire », m'a-t-il répondu. C'était l'époque où les brigadiers étaient encore presque tous irlandais. « Moi, j'ai un jeune frère », m'a-t-il dit, « qui est un garçon formidable, mais il a tout le temps des pépins. C'est, comme on dit chez nous, un "Black Irish", un Celte noir ».

« Et qu'est-ce que vous faites pour l'aider ? » ai-je demandé. Après un long silence, il m'a répondu : « Je l'emmène à la pêche ».

« Et quand ça ne marche pas ? »

« Feriez mieux d'aller voir votre frangin. »

Désirant, avant de le voir, remettre un peu les choses dans leur juste perspective, j'ai attendu de revoir nettement la femme en salopette qui admirait son lancer à l'ombre-de-mouche. Puis j'ai ouvert la porte de la pièce où on jette les ivrognes jusqu'à ce qu'ils soient capables de suivre sans tituber une rainure du plancher. « Sa petite amie est avec lui », m'a dit le brigadier.

Paul était debout devant une fenêtre, mais il ne regardait sûrement pas par la fenêtre parce qu'il y avait une moustiquaire devant les barreaux, et il ne pouvait pas non plus me voir parce qu'il avait devant la figure sa main qui servait à lancer, celle qui était plus développée que l'autre. N'eût été ce sentiment de pitié que je sentais toujours quand je voyais sa main, j'aurais pu, ensuite, me demander si je l'avais vraiment vu ou non.

Sa petite amie était assise par terre à ses pieds. Quand ses cheveux noirs luisaient, je la trouvais magnifique. Sa mère était une Cheyenne du Nord, et elle était belle, avec un profil plus algonquin ou plus romain que mongol, et l'allure belliqueuse, surtout quand elle avait un peu bu. L'une des ses grands-mères au moins était avec les Cheyennes du Nord quand, avec les Sioux, ils avaient battu à plate couture le général Custer et le Septième régiment de cavalerie. Étant donné que c'étaient les Cheyennes qui campaient sur le Little Big Horn, juste en face de la colline qu'ils allaient immortaliser, les squaws des Cheyennes furent parmi les premières à écumer le champ de bataille après les combats. Et donc, l'une de ses ancêtres au moins avait joyeusement passé une fin d'après-midi à couper les testicules des hommes du Septième régiment de cavalerie, opération qui n'attendait pas toujours que les soldats soient morts.

Le Visage-pâle qui avait sorti la tête du box chez Weiss et crié « Yahooo ! » s'en était tiré à bon compte avec deux dents en moins.

Même moi, je ne pouvais pas me promener à ses côtés dans la rue sans qu'elle m'attire des ennuis. Ce qu'elle aimait, c'était me prendre par un bras et Paul par l'autre, et descendre la rue de Last Chance Gulf le samedi soir en obligeant les gens à s'écarter pour nous laisser passer. Quand ils refusaient de nous céder le trottoir, elle nous poussait dans le tas, Paul ou moi. On ne joue pas très longtemps à ce petit jeu-là à Last Chance Gulf le samedi soir sans se retrouver, tôt ou tard, pris dans une bagarre monumentale. Mais une soirée où le type avec qui elle sortait ne se jetait pas dans une bagarre monumentale à cause d'elle était à ses yeux une soirée ratée, elle estimait qu'elle n'avait pas été appréciée à sa juste valeur.

N'empêche que quand ses cheveux luisaient, on était payé

de ses peines. Quand elle dansait, elle était magnifique. Elle donnait à son partenaire l'impression qu'il n'allait pas la retenir longtemps – qu'elle n'était peut-être même déjà plus avec lui.

C'est une expérience étrange et merveilleuse – mais qui vous laisse aussi un peu penaud – que de tenir dans ses bras une femme qui voudrait vous arracher à la terre, malheureusement vous êtes trop lourdaud pour la suivre.

Je l'appelais Mo-na-se-ta, du nom de la fille si belle du chef cheyenne Little Rock. Au début, ça ne lui plaisait qu'à moitié, ce nom qui veut dire « la jeune herbe qui pousse au printemps », mais je lui avais expliqué que Mo-na-se-ta passait pour avoir eu un fils illégitime du général George Armstrong Custer et, du coup, elle l'avait adopté avec enthousiasme.

À la regarder, là, assise par terre, je ne voyais que ses cheveux étalés sur ses épaules et ses jambes étalées par terre. Ses cheveux n'étaient pas luisants, et je n'avais jamais vu ses jambes comme ça, comme deux objets posés par terre devant elle. Consciente du fait que je la regardais, elle a essayé de se relever, mais ses longues jambes ont ployé sous elle, ses bas ont glissé, et elle s'est à nouveau affaissée par terre, laissant voir ses jarretelles et le haut de ses bas.

Ils dégageaient tous les deux une odeur pire que celle de la prison. Cette odeur disait bien ce qu'ils étaient, deux ivrognes dont l'estomac a sécrété ce qu'il sécrète quand le corps a froid et qu'il est bourré d'alcool, et qu'il sait qu'il s'est passé un sale truc et qu'il ne veut pas entendre parler de demain.

Aucun des deux ne me regardait, mon frère n'ouvrait pas la bouche. Elle m'a juste dit : « Ramène-moi chez moi ». « C'est pour ça que je suis là », ai-je dit. Elle a ajouté : « Emmène-le aussi ».

Elle était aussi magnifique comme danseuse que lui

comme lanceur de mouches. Je l'ai soulevée et je l'ai transportée ; ses pieds traînaient derrière elle. Paul s'est retourné et, sans rien voir ni rien dire, il nous a suivis. Son poignet hypertrophié maintenait devant ses yeux sa main droite. Il pensait sans doute, dans son esprit embrumé par l'alcool, que comme ça je ne le verrais pas, et peut-être aussi qu'il ne se verrait pas lui-même.

Quand nous sommes passés devant lui, le brigadier nous a dit : « Allez donc faire une bonne partie de pêche, tous les trois ».

Je n'ai pas ramené la petite amie de Paul chez elle. À l'époque, les Indiens qui ne vivaient pas dans des réserves devaient habiter en dehors des limites de la ville et, généralement, ils campaient près de l'abattoir ou de la décharge municipale. Je les ai ramenés tous les deux à l'appartement de Paul. Je l'ai mis lui dans son lit et elle dans le lit où j'avais dormi, mais j'ai d'abord changé les draps pour que ses jambes sentent le contact frais des draps propres.

Pendant que je la bordais, elle m'a dit : « Il aurait dû tuer ce salaud ».

J'ai répondu : « On ne sait pas, peut-être qu'il l'a tué », et là-dessus elle s'est retournée et s'est endormie, croyant comme toujours tout ce que je lui racontais, surtout s'il y avait plein de morts et de blessés.

Avec tout ça, l'aube se levait derrière la montagne de l'autre côté du Missouri, j'ai donc pris la route pour Wolf Creek.

À l'époque, on mettait environ une heure pour faire les soixante-cinq kilomètres de mauvaise route entre Helena et Wolf Creek. Le soleil s'est levé derrière les Big Belt Mountains et le Missouri, les laissant tout éclairés, et moi pendant ce temps-là, j'essayais de trouver dans ce que j'avais appris de la vie, ce qui pourrait bien m'aider à établir le contact avec mon frère, à l'obliger à me regarder et à se regarder lui-même en face. Un moment, j'ai même cru que ce que le bri-gadier m'avait dit, au début, pourrait m'être utile. En tant que policier, il devait connaître la vie. Il m'avait dit que Paul était l'équivalent écossais du « Celte noir » irlandais. Sans l'ombre d'un doute, il y avait eu dans ma famille de ces Celtes noirs qui avaient quitté le berceau familial, dans l'île de Mull dans les Hébrides du Sud, pour partir dans des contrées lointaines, telles que par exemple Fairbanks, en Alaska, à cent soixante-dix ou cent quatre-vingts kilo-mètres du cercle arctique, ce qui est à peu près ce qu'un Écossais pouvait faire de mieux, à l'époque, pour échapper aux shérifs munis d'un mandat d'amener ou aux maris armés d'un fusil de chasse. Je connaissais ces histoires par mes tantes, pas par mes oncles, qui étaient tous francs-maçons et qui croyaient aux sociétés secrètes où l'on se tient entre hommes. Mes tantes, elles, parlaient bien volontiers de leurs frères. Elles m'avaient raconté que c'étaient tous des grands gaillards très amusants et qui avaient été adorables avec elles quand elles étaient petites filles. D'après les lettres qu'en-voyaient mes oncles, il est clair que pour eux mes tantes n'avaient jamais cessé d'être des petites filles. À chaque Noël, jusqu'au jour de leur mort en terre lointaine, ces frères, qui avaient filé vite fait, envoyaient à celles qui avaient été jadis leurs petites sœurs, d'affectueuses cartes de Noël où ils gribouillaient un petit mot pour dire qu'ils « seraient bientôt de retour aux États-Unis et qu'ils les aideraient à suspendre leurs bas au pied de leur lit le soir de Noël ».

Vu que je comptais sur les femmes pour m'expliquer ce que je ne comprenais pas des hommes, je me suis mis à repenser à deux filles avec qui j'étais sorti jadis et qui avaient chacune un oncle qui ressemblait plus ou moins à mon frère.

Chacun des deux oncles avait un talent dans une spécialité dont il avait fait son passe-temps favori – l'un des deux faisait de l'aquarelle, et l'autre était champion de golf. Chacun des deux avait choisi un métier qui lui permette de consacrer la majeure partie de son temps à ce qui l'intéressait vraiment. Ils étaient tous les deux charmants, mais il ne vous restait jamais grand-chose d'une conversation avec eux. Comme leur métier ne leur procurait pas assez d'argent pour faire de leur vie un passe-temps, leurs familles avaient parfois à intervenir auprès du tribunal de police pour les tirer d'un mauvais pas.

Le lever du soleil, c'est le moment parfait pour se dire qu'on va sûrement trouver le moyen d'aider quelqu'un qui vous est proche et dont on pense qu'il a besoin de votre aide, même si lui est persuadé du contraire. Au lever du soleil, tout n'est pas clair peut-être, mais tout est lumineux.

À une dizaine de kilomètres avant Wolf Creek, la route descend à pic sur le Little Prickly Pear Canyon où l'aube met plus longtemps à percer. Dans la semi-obscurité où je replongeais soudain, je dus faire attention à la route et, tout en conduisant, je me disais, et puis merde, mon frère ne ressemble à personne. Ce n'est pas l'oncle d'une de mes petites amies, ce n'est pas le frère d'une des mes tantes. C'est mon frère, et c'est un artiste. Quand il a en main sa canne qui pèse un peu moins de cent trente grammes, c'est un grand artiste. Il ne barbouille pas de la toile avec un pinceau, il ne prend pas des leçons pour améliorer son drive, il n'accepte de l'argent de personne même quand il en aurait salement besoin, personne ne l'a jamais fait fuir, et surtout pas jusqu'au cercle arctique. Je donnerais cher pour le comprendre.

Pourtant, même plongé dans la solitude de ce canyon, je savais qu'il existait d'autres types qui, comme moi, avaient un frère auquel ils ne comprenaient rien mais qu'ils auraient voulu aider. C'est sans doute de nous qu'on veut parler quand on dit « tu seras le gardien de ton frère ». Nous sommes mus par un instinct qui est sans doute l'un des plus archaïques qui soient, l'un des plus vains aussi, et sûrement l'un des plus obsédants. On n'y échappe pas.

Quand je suis ressorti du canyon, j'ai retrouvé la lumière du jour. Une fois arrivé, je suis aussitôt allé me coucher, et je n'ai eu aucune peine à m'endormir. C'est Jessie, ma femme, qui est venue me réveiller. « N'oublie pas », m'a-t-elle dit, « que tu nous accompagnes, Florence et moi, pour aller chercher Neal à la gare ». En vérité, j'avais complètement oublié, mais ça me soulageait, en un sens, d'être obligé de penser à Neal. Ça me faisait du bien de penser qu'il y avait, dans la famille de ma femme, quelqu'un pour qui on se faisait du souci, et plus de bien encore de me rappeler que je lui avait toujours trouvé un côté un peu comique. Rien ne pouvait me faire autant de bien que de rire un peu.

Jessie se tenait debout sur le seuil de la porte, s'attendant visiblement à ce que je me retourne pour essayer de me rendormir. À sa grande surprise, j'ai sauté du lit et je me suis mis à m'habiller. « Avec plaisir », ai-je dit. « Tu es drôle », m'a-t-elle dit. « Qu'est-ce que j'ai de si drôle ? » ai-je demandé. « Je sais que tu n'as aucune sympathie pour lui », a-t-elle répondu. « Je n'ai aucune sympathie pour lui », ai-je dit en articulant bien chaque syllabe pour le cas où j'aurais eu la voix brouillée par le sommeil. « Tu es drôle », a répété Jessie, qui a refermé la porte, puis elle l'a entrebâillée un tout petit peu pour me lancer, en articulant à son tour chaque syllabe : « J'ai dit ça pour rire ».

Neal fut le dernier voyageur à descendre du train. Il marcha vers nous en s'efforçant manifestement de ressembler à l'idée qu'il se faisait d'un champion de tennis de classe internationale. Qui, à part lui, aurait jamais débarqué à Wolf Creek, Montana, descendant d'un compartiment du Nord-Express, vêtu d'un pantalon de flanelle et de deux pull-overs. C'était l'époque où il était considéré comme chic de porter des pull-overs de tennis bleu-blanc-rouge. Neal portait donc un pull-over de tennis bleu-blanc-rouge à encolure en V sur un pull à col roulé bleu-blanc-rouge.

Quand il reconnut en nous des membres de sa famille et qu'il dut reconnaître du même coup qu'il n'était ni Bill Tilden ni Scott Fitzgerald, il posa sa valise en faisant « Ah ». Quand il me vit moi, il ne dit rien du tout. Puis il présenta son profil, attendant qu'on l'embrasse. Pendant que les femmes s'exécutaient une à une, j'eus le temps de détailler sa valise, posée à côté de ses élégantes chaussures blanches et noires. Les flancs de paille tressée commençaient à céder ici et là, une des serrures ne fermait pas. Entre les poignées, on voyait les initiales F.M., qui étaient les initiales de sa mère avant qu'elle se marie. Quand sa mère vit sa valise, elle se mit à pleurer.

Ainsi il revenait chez lui à peu près comme il était parti. Il avait toujours la valise de sa mère et il cultivait toujours cette image de lui en champion de tennis. C'est une idée qui avait germé dans sa cervelle avant même de quitter Wolf Creek. Wolf Creek où on ne peut pas sauter par-dessus un filet sans atterrir dans les cactus.

C'est seulement vers huit heures et demie neuf heures ce soir-là qu'il a essayé de se faire tout petit pour filer de la maison sans se faire voir, mais Florence et Jessie étaient sur le qui-vive. Je savais que Jessie n'irait pas par quatre chemins pour me dicter mon devoir, j'ai donc pris les devants et j'ai accompagné Neal au Black Jack's Bar.

Le Black Jack's Bar était un ancien wagon de marchandises dont on avait enlevé les roues et qu'on avait installé sur des gravillons à l'autre bout du pont qui enjambe la Little Prickly Pear. Sur le flanc du wagon, il y avait l'emblème du Nord-Express, un bouc des montagnes regardant de derrière sa barbe blanche un monde peint en rouge. C'est le seul bouc au monde qui ait jamais vu le fond de son univers occupé en permanence par une bouteille de whisky de comptoir étiquetée 3-7-77, chiffres que les groupes d'auto-défense avaient épinglés sur les représentants du chemin de fer qu'ils avaient pendus. (Ces chiffres, dit-on, évoquaient les dimensions d'une tombe : trois pieds de large, sept pieds de long et soixante-sept pouces de profondeur.) Le bar était un tronc d'arbre fendu en deux par quelqu'un qui ne maniait pas trop bien la hache, peut-être Black Jack en personne, mais les clients avaient fait les finitions en le graissant de leurs coudes. Black Jack était petit, il tremblait et il ne s'éloignait jamais d'un revolver et d'une matraque dite « blackjack » posés en permanence derrière le tronc d'arbre graisseux. Il avait de mauvaises dents à force sans doute de boire son propre whisky, qui était fabriqué quelque part du côté de Sheep Gulch.

Les tabourets devant le bar étaient d'anciens cageots un peu renforcés. Quand nous sommes entrés, Neal et moi, deux des cageots étaient occupés, tous les deux par des personnages bien connus du bouc du Nord-Express. L'un d'eux était un pilier de bar qu'on appelait Tire-à-l'Arc, parce que, dans ce pays qui fut longtemps indien, de tout individu qui se vante volontiers de ses prouesses de chasseur ou de tireur à la carabine, on dit « celui-là, il tire à l'arc ».

Mais moi qui l'avais vu une fois tirer à la carabine, je me serais bien gardé de sous-estimer ses talents. J'avais vu un de ses potes lui lancer en l'air cinq cachets d'aspirine, qu'on avait vu fleurir en cinq petites fleurs blanches aussitôt après avoir entendu cinq coups de feu qui semblaient n'en faire qu'un.

46

J'étais également convaincu qu'il pourrait battre à son propre jeu le fameux gardien de moutons du ranch Sieben. Le ranch Sieben est l'un des plus beaux ranchs de l'ouest du Montana ; il s'étend de la vallée d'Helena jusqu'à Lincoln et au-delà. Ses propriétaires, Joan et John Baucus, racontent l'histoire d'un de leurs gardiens de moutons préférés qu'il avait fallu emmener un jour à l'hôpital où son état avait rapidement empiré. On n'arrivait pas à lui enlever ses sous-vêtements – il les avait sur lui depuis si longtemps que ses poils avaient poussé à travers. Finalement, il avait fallu le plumer comme un poulet et, quand ses sous-vêtements avaient fini par se détacher, des lambeaux de peau étaient venus avec. Eh bien, dans l'encolure de la chemise de Tire-à-l'Arc, qui n'était pas boutonnée en haut, on voyait des poils qui poussaient à travers son tricot de corps.

Sur le cageot à l'autre bout du bar, il y avait une créature du sexe féminin qui était connue sous le nom de Peau-de-Chien par tous les boucs de la région traversée par le Nord-Express. Une dizaine d'années plus tôt, elle avait été élue Reine de beauté de Wolf Creek. Elle avait traversé toute la ville, debout sur son cheval sans selle, devant les cent onze habitants de Wolf Creek, en grande majorité de sexe masculin, qui s'étaient postés pour l'occasion le long d'une des deux rues de la ville. Ses jupes volaient haut, et elle avait gagné le concours. N'ayant pas tout à fait les qualifications requises pour faire de l'équitation son métier, elle avait opté pour le second choix qui s'offrait à elle. Malgré tout, elle portait encore les jupes fendues à l'amazone des cavalières du Far-West, même si cela représentait un handicap dans sa nouvelle profession.

Pour une petite ville, Wolf Creek tenait bien son rang. Elle pouvait se vanter d'avoir deux célébrités d'envergure quasi-nationale, un as du rodéo et un as du lasso. Ces deux gloires locales passaient leurs étés à se produire dans les foires de la région, et ils étaient assez appréciés pour se faire chacun cinq ou six cents dollars par saison – moins, naturellement, les frais d'hôpital. Peau-de-Chien n'avait pas l'intention de passer le restant de ses jours en écuyère ratée, aussi passait-elle un hiver avec l'as du rodéo, et l'hiver suivant avec l'as du lasso. Parfois, vers la fin de l'automne, quand on pouvait croire que l'hiver allait être particulièrement rigoureux, elle épousait l'un des deux. Mais le mariage ne correspondait pas à l'idée qu'elle se faisait du bonheur et, avant le retour du printemps, elle repartait s'installer chez l'autre. Passer de l'un à l'autre, c'est ce que Peau-de-Chien faisait de plus régulier, et c'est dans le provisoire qu'on pouvait le plus compter sur elle.

L'été, pendant que ses amoureux se nourrissaient de hot-dogs dans les foires et se pétaient les intestins à tordre le cou aux taureaux, Peau-de-Chien s'installait au Black Jack's Bar, et elle en était réduite à lever les pêcheurs qui passaient par là, la plupart du temps des pêcheurs à l'asticot, bardés de tout un attirail, presque toujours des types de Great Falls. Oui, on peut le dire, pour elle comme pour tout le monde, la vie avait ses hauts et ses bas. Mais elle n'était pratiquement pas marquée par les forces d'usure de la vie. Comme souvent les écuyères, elle était assez petite, râblée, avec beaucoup de force, surtout dans les jambes. Elle avait assez vécu pour mériter son nom, mais elle ne faisait pas tellement plus que ses trente ans, trente années qu'elle avait en grande partie passées au milieu des chevaux et des cavaliers et de tout ce qui, à Great Falls, avait à voir avec le monde de l'équitation.

Quand Tire-à-l'Arc et elle étaient ensemble au bar, ils s'asseyaient chacun à un bout, si bien que les pêcheurs de passage devaient s'asseoir entre les deux et payer les tournées.

C'est là qu'on s'est assis, Neal et moi, quand on est entrés dans le bar.

« Salut, Tire-à-l'Arc », a dit Neal, en lui serrant la main, non sans emphase. Tire-à-l'Arc n'aimait pas qu'on l'appelle Tire-à-l'Arc, même s'il savait bien qu'on l'appelait comme ça derrière son dos. Mais pour Neal, il n'avait pas d'autre nom que Tire-à-l'Arc et, après deux verres de 3-7-77, Neal, en présence du trappeur professionnel, en rajoutait de vantardise pour ce qui était de tirer, de chasser, de prendre les bêtes au piège.

Il y avait quelque chose en Neal qui le poussait à raconter des craques justement à ceux qui étaient mieux placés que quiconque pour savoir qu'il mentait. C'était un de ces types qui ne résistent pas à l'envie d'être pris sur le fait au moment même où ils débitent leurs mensonges.

Quant à Peau-de-Chien, Neal n'avait pas encore jeté un œil sur elle. J'avais déjà compris que le truc de Neal, avec les femmes, c'était de faire semblant de ne pas les voir, et je commençais à me dire que ce n'est pas idiot, comme truc.

Le miroir situé derrière le bar, couvert de rides, ressemblait à de la marne polie de l'époque précambrienne. Neal gardait les yeux rivés dessus, de toute évidence fasciné par cette sombre image déformée de lui-même en train d'agir de façon automatique – payer à boire à tout le monde, entretenir à lui tout seul la conversation, sans écouter rien ni personne. J'essayais bien de briser son monopole en parlant à Peau-de-Chien, qui était assise à côté de moi, mais elle ne voyait qu'une chose, c'est que Neal ne s'occupait pas d'elle, alors elle ne s'occupait pas de moi.

Finalement, puisque personne ne voulait m'écouter, c'est

moi qui me suis mis à écouter, mais sans aller tout de même jusqu'à payer les tournées. Neal avait suivi à la trace une loutre et ses petits jusqu'à Rogers Pass, l'endroit où l'on a officiellement enregistré 69,7 degrés Fahrenheit au-dessous de zéro. Pendant qu'il suivait sa loutre à la trace, moi j'essayais tout simplement de comprendre, d'après la description qu'il en faisait, de quelle espèce de loutre il pouvait bien s'agir. « J'avais du mal à la suivre », disait-il, « parce que, à cause de l'hiver, elle était devenue blanche » – donc elle devait être à moitié hermine. Lorsqu'il l'avait obligée à se réfugier dans un arbre, « elle s'était allongée sur la branche la plus basse, prête à sauter sur le premier cerf qui passerait » – il devait donc y avoir du puma en elle. Elle devait malgré tout tenir de la loutre, car elle avait le sens de la plaisanterie et elle lui souriait. Mais surtout il y avait en elle du 3-7-77, car elle était bien le seul animal de tout le Montana, l'homme mis à part, à avoir ses petits en hiver. « Ils étaient venus se fourrer sous ma chemise », disait-il en soulevant ses deux pullovers bleu-blanc-rouge pour nous la montrer. Tire-à-l'Arc tapota discrètement le bar avec le cul de son verre vide, sans dire un mot pour ne pas avoir l'air de ne pas écouter. Mais Peau-de-Chien n'en pouvait plus d'être traitée comme quantité négligeable, et tant pis pour les conséquences. Elle s'est penchée pour passer devant moi et elle a dit, en s'adressant au profil de Neal : « Dis donc, Jules, on peut savoir ce qu'une loutre serait aller fiche là-haut ? Moi, je croyais que les loutres, ça nage dans les ruisseaux, et que ça fait du toboggan sur les berges ».

Neal s'est arrêté net au milieu de sa phrase et a fixé le miroir pour essayer de voir qui était cette image déformée, à côté de la sienne, qui venait de prendre la parole. « Buvons encore un verre », a-t-il dit en s'adressant à l'ensemble des images déformées. Puis, pour la première fois, il a daigné reconnaître la présence d'une femme en posant les yeux sur la personne en chair et en os de Black Jack debout derrière son comptoir, et non plus sur son image, en lui disant : « Sers-lui un verre, à elle aussi ».

Peau-de-Chien a refermé la main sur le verre qu'on lui tendait sans cesser de contempler le profil de Neal. Dans la ville de Wolf Creek, dont tous les habitants ou presque sont des rancheros, le bouc du Nord-Express et elle avaient fort rarement eu l'occasion de rencontrer un type qui ait, comme Neal, le visage pâle et l'œil cave.

Au moment où je descendais de mon cageot pour me montrer fidèle à ma promesse de ne pas rentrer tard, j'ai entendu Tire-à-l'Arc me dire « Merci ». Comme je n'avais pas payé une seule tournée de la soirée, il ne pouvait me remercier que d'une chose, c'est de leur laisser mon beau-frère. À la seconde même où je libérais la place, Peau-de-Chien s'y est mise pour être plus près de Neal. Elle ne quittait pas des yeux son profil, et la perspective de faire une touche lui chatouillait l'épiderme.

Au moment de sortir, j'ai jeté un dernier coup d'œil par-dessus mon épaule et j'ai dit à Neal : « N'oublie pas que tu vas à la pêche demain matin ». Il a jeté un coup d'œil par-dessus son épaule à elle et il a simplement dit : « Pardon ? »

Le lendemain matin, Paul était à Wolf Creek de bonne heure, comme il l'avait promis. Même si, en devenant adultes, nous avions acquis lui et moi toutes sortes de libertés, certaines des règles inculquées dans l'enfance étaient restées sacrées pour nous, en particulier trois choses : ne jamais être en retard pour le culte, pour le travail, et pour la pêche.

Florence est venue l'accueillir à la porte et, visiblement mal à l'aise, elle lui a dit : « Je suis désolée, Paul, mais Neal n'est pas encore levé. Il est rentré tard ».

Paul a répondu : « Moi, cette nuit, je ne me suis même pas couché. Tirez-le du lit ».

« Il ne se sent pas très bien », a-t-elle dit.

Paul a répondu : « Moi non plus, n'empêche que, dans cinq minutes, je pars à la pêche ».

Ils sont restés un moment à se dévisager sans rien dire. Une mère écossaise n'aime pas qu'on la surprenne à laisser traîner son fils au lit, et un Écossais qui part à la pêche n'aime pas lanterner parce qu'un type de sa famille a la gueule de bois. Bien que le whisky ait été inventé par les Écossais, un Écossais déteste avoir à admettre l'existence de la gueule de bois, surtout au sein de sa propre famille. En temps ordinaire, ç'aurait dû être match nul entre mon frère et ma belle-mère mais, cette fois, l'Écossaise en question ne trouvait pas d'excuse valable pour défendre son fils, elle dut donc se résoudre à aller le réveiller, ne serait-ce qu'un tout petit peu.

Sans nous presser, nous avons commencé à charger le demi-tonne qui appartenait à mon beau-frère, Kenny, celui qui était resté à Wolf Creek. Les trois femmes avaient déjà installé un vieux matelas à l'arrière du camion, elles n'ont plus eu qu'à installer sur le matelas leur frère, gendre et beau-frère. Une fois casés la salade de pommes de terre, le gril et l'équipement de pêche, il ne nous restait plus qu'à nous caser tant bien que mal, six d'entre nous sur sept, en prenant bien soin de ne pas déranger le matelas.

À part les cinq premiers kilomètres, la route qui mène à l'Elkhorn est parallèle au Missouri qui, à cet endroit-là, dévale par cette énorme trouée que les explorateurs Lewis et Clark ont appelée la Porte des montagnes. Même si l'eau reste claire pendant encore quelques kilomètres, la terre, quant à elle, dès que le fleuve jaillit des montagnes, devient presque instantanément brun rouge. La route s'arrête juste en dessous de la trouée, plongée dans l'ombre, où l'Elkhorn se déverse dans le Missouri. Comme la plupart des routes parallèles au Missouri, c'est un mélange de poussière grisâtre et de nids de poule. Les nids de poule n'arrangeaient pas l'état de santé de Neal et s'il pleuvait, la poussière grisâtre allait se transformer en bouillie de pois.

Kenny, qui n'avait jamais quitté Wolf Creek, était un de ces types comme on en trouve dans les petites villes, qui savent pratiquement tout faire de leurs mains. Il était entre autres capable de conduire un demi-tonne sur des chemins où on aurait eu du mal à faire passer un mulet. Il avait épousé Dorothy, infirmière diplômée d'État. Elle était petite, râblée, et sa spécialité, c'était la chirurgie. Des rancheros tenant leurs tripes dans leurs mains débarquaient du fin fond de leur cambrousse pour se faire recoudre par l'infirmière diplômée. Florence et Jessie avaient, elles aussi, fait des études plus ou moins paramédicales et, à elles trois, elles représentaient à peu près l'ensemble du personnel médical de Wolf Creek. Penchées au-dessus du vieux matelas, elles constituaient en quelque sorte l'équipe de réanimation.

Ken était en bons termes avec les cent onze habitants de Wolf Creek, et avec la plupart des rancheros des environs, surtout ceux qui étaient d'origine écossaise et qui avaient débarqué dans l'Ouest parmi les tout premiers pionniers, sachant déjà s'y prendre pour élever du bétail en montagne et sous la neige en hiver. C'est grâce à ça qu'on avait obtenu la permission de pêcher dans l'Elkhorn. La rivière, dès sa source, appartenait à Jim McGregor et, à chaque clôture, il y avait des écriteaux où l'on pouvait lire « Chasse réservée », « Pêche interdite », et, comme rajouté après coup, « Propriété privée ». Le résultat, c'est que ses pâturages nourrissaient plus d'élans que de vaches, mais il avait calculé que ça lui revenait moins cher que d'ouvrir son ranch aux chasseurs du dimanche de Great Falls qui ne savent pas reconnaître un élan d'une vache.

Ce qu'il y a de particulier, avec les routes qui traversent un ranch, c'est que plus on s'approche des vaches, moins la voie est bien tracée. Ça devenait deux ornières parallèles qui montaient en zigzag jusqu'à la crête et qui redescendaient de l'autre côté jusqu'à l'Elkhorn dans le même style. Là, la rivière n'est guère autre chose qu'une série de méandres où se mêlent les saules et l'eau, méandres qui se frayent un chemin au milieu des herbes hautes jusqu'à l'endroit où s'ouvre brusquement une crevasse et, à partir de là, plus de saules. Quand nous avons atteint le haut de la crête, les deux ornières parallèles étaient toujours de la poussière grise, et des nuages couronnaient les montagnes noires, à l'horizon.

À peine le camion s'était-il arrêté en bas de la cluse que Paul sautait à terre. Il avait déjà sa canne, son bas-de-ligne et sa mouche prêts, que je n'avais pas encore réussi, quant à moi, à me dégager de l'étau où j'étais retenu par Dorothy et Jessie qui, chacune, me pinçaient le gras du bras en murmurant : « Ne t'avise pas de filer en laissant Neal tout seul ». En plus, j'avais une crampe à la jambe et il me fallut sautiller une bonne minute sur place pour me dégourdir.

Pendant ce temps-là, Paul m'annonçait, en aparté : « Je vais descendre à trois intervalles de pêche d'ici, et je pêcherai en remontant. Vous, prenez vos distances entre vous, et pêchez en redescendant, jusqu'à ce qu'on se rejoigne ». Là-dessus, le voilà parti.

Une des raisons pour lesquelles Paul attrapait plus de poissons que n'importe qui, c'est que ses mouches passaient plus de temps dans l'eau que celles de n'importe qui. « Tu sais, vieux », déclarait-il, « dans le Montana, il n'y a pas de poissons volants. Tu n'attraperas rien du tout avec des mouches qui se baladent en l'air ». À la seconde même où il descendait de voiture, son équipement était fin prêt. Il marchait vite, il perdait rarement du temps à changer de mouche. Au lieu de ça, il essayait coup sur coup des endroits où la rivière était plus ou moins profonde, ou bien il changeait d'angle pour ramener la mouche ; et si par hasard il changeait de mouche, il faisait ses nœuds avec la vélocité d'une couturière ; et ainsi de suite. Au bout du compte, ses mouches passaient au moins vingt pour cent de temps en plus dans l'eau que les miennes.

Mais en plus, aujourd'hui, je subodorais qu'il avait une bonne raison de vouloir s'éloigner de moi le plus vite possible, c'est qu'il n'avait aucune envie que je lui reparle de ce qui s'était passé deux nuits plus tôt.

Ken nous a annoncé qu'il allait partir en amont pour aller pêcher dans les barrages de castors. Il aimait ces barrages, et il avait la main pour y pêcher. Il est donc parti tout heureux pour aller patauger dans la vase, se faire à moitié étrangler par les broussailles, et se casser la figure dans les piles instables de bouts de bois qu'on appelle des barrages de castors. On le verrait revenir avec une guirlande d'algues autour du cou et un panier rempli de poissons.

Jessie m'a pincé le bras une fois de plus pour me faire son ultime recommandation : « Reste avec Neal ». Me frottant le bras, j'ai fait marcher Neal devant moi pour qu'il ne puisse pas m'échapper tout de suite. Nous avons descendu la piste jusqu'au coude que fait la rivière, là où elle sort des bois d'osiers et traverse une prairie. Là, Neal s'est mis à trébucher, à prendre exprès une démarche pitoyable. « Je suis toujours mal fichu », a-t-il dit. « Je crois que je vais rester pêcher ici. » Avec le coude que faisait la rivière, on ne voyait pas le camion de là où nous étions, mais si l'envie lui prenait d'y retourner, il n'aurait même pas deux cents mètres à faire. « Pourquoi pas ? » ai-je dit, tout en sachant que j'aurais aussi bien fait de me taire.

Paul devait bien déjà avoir pris trois ou quatre poissons,

mais malgré cela, j'ai pris mon temps pour descendre la piste, m'efforçant à chaque pas de laisser le monde derrière moi. Il y a dans tout pêcheur quelque chose qui tend à faire de l'univers de la pêche un monde parfait, un monde à part. Je ne sais pas ce que c'est, et je ne sais pas où ça se loge, quelquefois je sens ce quelque chose dans mes bras, à d'autres moments dans ma gorge, et souvent je serais incapable de le situer, je sais seulement que c'est enfoui en moi. Nous serions sans doute, beaucoup d'entre nous, meilleurs pêcheurs, si nous ne passions pas autant de temps à guetter le moment où le monde va enfin devenir parfait.

La chose dont on a le plus de mal à se débarrasser, en fait, – et c'était le cas à ce moment-là – c'est ce que d'aucuns appelleraient les scrupules de conscience.

Fallait-il – ou ne fallait-il pas – que je parle à mon frère de ce qui s'était passé l'autre nuit ? Je pensais « ce qui s'est passé l'autre nuit » de la façon la plus vague possible, pour éviter de revoir les choses avec trop de précision – surtout la main de mon frère. Est-ce que je ne devrais pas au moins lui proposer de l'aider, ne serait-ce que financièrement, s'il avait à débourser des dommages et intérêts ? Je remuais dans ma tête ces vieilles questions, en leur donnant maintenant pour cadre de longues jambes de danseuse affalées sur le sol d'une cellule. Et, comme d'habitude, elles ont fini par s'effacer sans que j'aie trouvé la réponse. Je ne savais toujours pas si j'avais décidé ou non de parler à mon frère.

Malgré tout, il y avait encore quelque chose qui me tracassait, je n'arrivais pas à savoir quoi, et je n'ai finalement mis le doigt dessus que quand j'ai fait demi-tour et que je suis retourné à la prairie où j'avais laissé Neal pour pouvoir dire que je l'avais fait.

À l'autre bout de la prairie, il y avait un barrage et, au-dessus, un grand bassin d'eau bleue. Neal était assis là, sur un rocher, dodelinant, avec à ses côtés la boîte en fer rouge des cafés Hills Brothers. Son cou était penché en avant, pâle, exposé au soleil, au risque de devenir bientôt de la même couleur que la boîte en fer.

« Qu'est-ce que tu fais ? », lui ai-je demandé.

Il a mis un bout de temps à composer sa réponse. « Je pêche », a-t-il fini par dire. Puis il s'est repris, visant cette fois à une plus grande exactitude. « Je pêche, et je suis mal fichu. »

« Cette eau morte, ça n'est pas un coin fameux pour la pêche, hein ? » ai-je dit, interrogatif.

« Ah bon ? » a-t-il dit. « Regarde tous ces poissons au fond de l'eau. »

« Bof, des tanches et des suceurs », ai-je dit sans regarder.

« Qu'est-ce que c'est, un suceur ? » m'a-t-il demandé. Qui d'autre, mais qui d'autre, né dans le Montana, avait jamais, de mémoire d'homme, posé une telle question !

Dans les profondeurs de l'eau, un peu en aval, on apercevait une tache rosâtre qui était à coup sûr un paquet d'asticots accrochés à un seul hameçon qui leur traversait à tous le corps. Sur le bas-de-ligne, juste au-dessus des asticots, on voyait deux perles en bois rouge, enfilées là pour faire joli, sans doute. Le paquet d'asticots et les deux perles de bois étaient situés à moins de quinze centimètres du suceur le plus proche. Pas un poisson ne bougeait, le pêcheur ne bougeait pas non plus, même si le pêcheur voyait parfaitement les poissons, et les poissons parfaitement le pêcheur.

« Ça te plairait de venir pêcher à la mouche avec Paul et moi, un de ces jours ? », lui ai-je demandé.

« Merci », a-t-il dit, « mais pas pour l'instant ».

« Bon, eh bien, dans ce cas-là », ai-je dit, « salut et amuse-toi bien ».

« Pas de problème. »

Je suis reparti sur la piste, me berçant de l'illusion que j'avais rempli mon devoir en allant retrouver mon beau-frère. Mais le gros nuage qui surplombait l'entrée des montagnes Rocheuses me signifiait avec insistance que ce n'est pas aujourd'hui que j'allais trouver des moments de perfection. Et aussi que, si je n'arrêtais pas de baguenauder, je ne risquais pas d'attraper beaucoup de poissons.

J'ai quitté la piste à la hauteur de la deuxième prairie, je savais qu'il y avait là deux ou trois plans d'eau où je pouvais attraper mon quota pour la journée. Étant donné que Jim McGregor permettait à très peu de pêcheurs, chaque année, de venir sur ce petit bras de rivière, il était surpeuplé de poissons dont la taille ne dépasserait jamais une vingtaine de centimètres.

J'avais malgré tout un problème, du moins pour les tout premiers poissons, c'est que j'allais trop vite pour ferrer. Au bout de l'hameçon, il y a un barbillon, et si le barbillon ne s'implante pas dans la bouche ou la mâchoire du poisson assez profondément, le poisson recrache l'hameçon ou arrive à s'en défaire. Pour éviter ça, quand le poisson mord, il faut donner une petite secousse à la ligne, soit directement avec la main gauche, soit par l'intermédiaire de la canne qu'on tient de la main droite. Le moment et la force du geste doivent être parfaitement calculés : trop tôt ou trop tard, trop ou trop peu, et le poisson aura peut-être la bouche meurtrie pendant quelques jours, mais l'expérience lui servira de leçon.

Je relevais ma mouche si vite que je l'arrachais au poisson avant qu'il ait eu le temps de la gober. Les différentes espèces de truites ont chacune leur propre « tempo », et le calcul doit tenir compte aussi du courant, voire même du temps qu'il fait et du moment de la journée. J'étais trop habitué à pêcher dans les eaux rapides de la Big Blackfoot, où les grandes truites arc-en-ciel débouchent soudain à toute allure de derrière les rochers qui leur servent de rempart. Un ranchero du temps des pionniers avait peuplé l'Elkhorn de truites dites truites de ruisseau ou truites orientales : « *Eastern Brook* ». Comme leur nom l'indique, ces truites sont d'un caractère plus méditatif.

Dès que j'ai eu trouvé le bon rythme, j'ai cessé de m'intéresser à elles. Elles sont magnifiques. Elles ont le dos noir, avec des taches jaunes et orange sur le côté, le ventre rouge qui va rejoindre les nageoires du dessous cernées de blanc. Ce sont des symphonies de couleurs, et c'est le plus souvent elles qu'on trouve peintes, en relief, sur les plats à poisson. Mais elles n'offrent pas de résistance et, au toucher, on dirait des anguilles, avec leurs toutes petites écailles. Et puis elles sont desservies par leur nom, parce que dans l'ouest du Montana, jamais on ne dirait « *brook* » pour ruisseau, le seul terme acceptable est « *creek* ».

Tout d'un coup, je me suis demandé ce que mon frère pouvait être en train de faire de son côté. Une chose dont j'étais sûr, c'est qu'il n'était pas en train de perdre son temps à atteindre son quota avec des truites de ruisseau de vingt-cinq centimètres. Si je voulais ne pas me laisser trop distancer, j'avais intérêt à essayer d'attraper quelques-uns des monstres, dits truites brunes (*"Brown Trout"*) qui remontent du Missouri.

La pêche est vraiment un monde à part, qui n'a rien à voir avec aucun autre. Au sein de ce monde, il y a une série d'univers distincts les uns des autres. On pêche les gros poissons dans des rivières qui ont peu d'eau. C'est un monde qui, dans l'eau et hors de l'eau, n'est pas assez vaste pour contenir à la fois le poisson et le pêcheur. Les saules qui bordent la rivière sont, croyez-moi, tous dans le camp du poisson.

Je me suis arrêté, j'ai nettoyé mes « *Eastern Brook* », et je les ai installées dans mon panier en les séparant par des couches de foin et de menthe sauvage : elles étaient encore plus belles que les truites peintes sur les plats à poisson. Et puis, pour me préparer à la pêche au gros, j'ai changé mon bas-de-ligne pour un bas-de-ligne prévu pour les poissons de huit livres et j'ai pris une mouche numéro 6.

J'ai poissé ma ligne sur le tiers de sa longueur, pour le cas où elle aurait été imbibée d'eau, ce qui l'aurait empêchée de flotter, j'ai jeté un dernier coup d'œil à mes truites sur leur lit de menthe sauvage et j'ai refermé mon panier sur le monde des petits poissons.

Tandis que je traversais la prairie, une ombre immense est venue à ma rencontre, suivie d'un gros nuage noir. Le canyon où coule l'Elkhorn est si profond et si étroit qu'un gros nuage noir peut constituer l'ensemble du ciel à lui tout seul. Le nuage peut faire place au soleil, ou bien à d'autres nuages plus noirs encore. Du fond du canyon, il n'y a pas moyen de savoir ce qui va suivre, mais j'avais comme l'impression que ça n'allait pas être le soleil.

Tout d'un coup, les uns après les autres, les poissons se sont mis à sauter à la surface, me donnant à penser que les premières grosses gouttes avaient commencé à tomber. Quand les poissons se mettent à sauter comme ça, c'est qu'il se prépare quelque chose.

En cet instant, l'univers tout entier se composait de l'Elkhorn, d'une truite brune mythologique, du temps qu'il faisait, et de moi-même. Et moi-même, je n'étais rien d'autre qu'une série de ruminations concernant l'Elkhorn, le temps qu'il faisait, et un poisson mythologique qui n'était peut-être qu'un alevin de mon imagination.

L'Elkhorn ressemble exactement à ce qu'elle est – une fissure dans le globe terrestre destinée à marquer l'endroit où se terminent les montagnes Rocheuses et où commencent les grandes plaines. Les montagnes géantes ont le dos noir, un dos recouvert par les presque tout derniers pins de montagne. Les flancs exposés à l'est passent au marron et au jaune là où commencent les hautes herbes de la Prairie, mais il reste parfois des taches noires là où quelques pins éparpillés cèdent le terrain comme à regret. La truite brune mythologique et le canyon s'harmonisaient dans mes pensées. La truite, qui était peut-être bien réelle et à portée de ma main, était massive, elle avait le dos noir, les flancs jaunes et bruns, avec des taches noires et une frange blanche. L'Elkhorn et la truite brune ont quelque chose d'autre en commun, je crois, une beauté qui tient à ce qu'il y a en elles un élément de laideur.

J'ai longé la rivière sur cent cinquante ou deux cents mètres, cependant que les petites « *Brookies* » continuaient à rebondir comme de la pluie. Puis je suis arrivé à un endroit de la rivière où on ne voyait plus aucun poisson sauter. À l'entrée du plan d'eau, l'eau se divisait pour contourner un gros rocher, revenait en arrière en tourbillonnant, creusait son lit plus profond, déposait ses alluvions, et finissait par perdre profondeur et mouvement en dérivant sous les osiers. Dans une eau si magnifique, me suis-je dit, ce n'est certainement pas parce qu'il n'y a pas de poissons qu'on ne voit pas de poissons sauter. Il doit y avoir un poisson tellement gros qu'il est comme l'élan mâle « à tête royale » qui, à la saison du rut, élimine tous ses adversaires et les chasse du troupeau.

Vu qu'il vaut mieux, en règle générale, pêcher en remontant le courant pour ne pas troubler l'endroit de la rivière où l'on va pêcher ensuite, je suis retourné sur la berge, là où le poisson ne pouvait pas me voir, et je me suis avancé jusqu'en bas du plan d'eau avant de faire mon premier lancer. Entre temps, j'avais perdu confiance dans ma théorie de l'élan mâle comme seul habitant du plan d'eau, mais j'espérais attraper une « *Brookie* » ou deux dans les hauts-fonds. Quand j'ai été bien sûr de ne pas avoir été repéré, je me suis avancé en amont vers les eaux plus profondes, là où commençait le bois d'osiers et où il en tombait des insectes.

Pas même un frémissement dans l'eau qui aurait indiqué qu'une truite avait fait mine de s'approcher de la mouche et puis avait changé d'avis en trouvant que ça avait l'air louche. J'en étais à me demander si quelqu'un n'avait pas lancé un bâton de dynamite dans l'eau, faisant exploser tous les poissons, ventre à l'air, et ma théorie avec. S'il y avait un seul poisson dans toute cette eau, il y avait un seul endroit où il puisse encore se trouver : s'il n'était pas à ciel ouvert, et s'il n'était pas en bordure des osiers, il se trouvait forcément sous les saules, et ça ne me disait rien, mais alors rien du tout, de lancer ma ligne au milieu des branches des saules.

Des années plus tôt, à la fin d'un été où j'avais travaillé pour les Eaux et Forêts, j'avais pêché avec Paul et, manquant d'entraînement, je faisais tout mon possible pour ne pas m'aventurer hors des plans d'eau bien dégagés. Paul m'avait regardé pêcher dans un bassin qui se terminait sous des saules et, à la fin, n'en pouvant plus, il m'avait dit : « Écoute, vieux, tu n'attraperas jamais de truites dans une baignoire. Toi ça te plaît de pêcher dans un endroit découvert, au soleil, parce que tu es écossais, et que tu as peur de perdre ta mouche si tu la lances dans les branchages. Mais le poisson, lui, il ne reste pas là à prendre des bains de soleil. Il est sous les saules, là où il fait bon et frais et où il est à l'abri des pêcheurs de ton acabit ».

En essayant de me défendre, je n'avais fait qu'aggraver mon cas : « Quand je m'emmêle dans les branches, je perds mes mouches », avais-je dit.

« Et alors, qu'est-ce que ça peut te fiche ? », m'avait-il dit. « Ça ne nous coûte rien, les mouches. George se fait toujours un plaisir de nous en préparer. Et ça n'existe pas, une bonne journée de pêche où on n'a pas perdu deux ou trois mouches qui sont restées accrochées dans les branches. Tu n'attraperas jamais de poissons si tu n'oses pas aller les chercher là où ils sont. Passe-moi ta canne. »

Il l'avait prise pour que je n'aille pas croire, sans doute, qu'il n'y avait qu'avec la sienne qu'on puisse lancer dans les branches. J'avais donc appris ce jour-là qu'on pouvait demander à ma canne ce genre d'exercice. Mais, en vérité, je ne suis jamais vraiment arrivé à maîtriser ce genre de lancer, probablement parce que je ne me fais toujours pas à l'idée de perdre mes mouches, même si elles ne me coûtent rien.

Or cette fois-ci, je n'avais pas le choix, j'étais bien obligé de lancer dans les saules si je voulais comprendre pourquoi il y avait partout des poissons qui sautaient à la surface de l'eau, sauf dans ce bassin. Et je voulais à tout prix le comprendre, parce que si on ne se casse pas la tête pour trouver la réponse aux questions qu'on se pose, autant ne pas faire de pêche à la mouche.

Étant donné que je n'avais pas pratiqué ce genre de lancer depuis un certain temps, j'ai décidé de m'entraîner un peu, et je suis donc redescendu dans le sens du courant pour aller faire quelques lancers dans les taillis. Puis je suis précautionneusement remonté en amont, là où les osiers étaient le plus épais, en regardant bien où je mettais les pieds et en évitant de faire du bruit avec les cailloux.

La ligne était haute et souple quand elle est arrivée à la verticale, pas du tout comme quand le vent l'entraîne. J'étais ému, mais mon bras restait calme et il m'obéissait docilement. Au lieu d'appuyer à fond dès le moment où la ligne repartait vers l'avant, je l'ai laissée flotter jusqu'à ce que le périscope vertical que j'avais dans l'œil ou dans le cerveau ou dans le bras, ou dieu sait où, m'ait informé de ce que ma mouche était au-dessus des osiers les plus proches de moi.

63

Alors j'ai imprimé une légère secousse à la ligne et elle s'est mise à chuter presque à la verticale. Trois ou quatre mètres avant que la mouche touche l'eau, il est possible de savoir si un lancer de ce type va être parfait ou non, et il est encore possible d'apporter, s'il le faut, quelques légers correctifs. Le lancer est si souple et si lent qu'on peut le suivre comme on suivrait des yeux une cendre qui vole dans la cheminée avant de venir se poser. C'est l'un des plaisirs rares et subtils de la vie que de se voir de l'extérieur en train d'accomplir l'acte qui fait de vous l'auteur de quelque chose de beau, même si ce quelque chose n'est rien d'autre qu'une cendre qui vient se poser sur l'eau. Le bas-de-ligne a atterri sur la branche la plus basse et la mouche s'est balancée au bout de son petit pendule à une dizaine de centimètres de la surface de l'eau ou peut-être une quinzaine: Pour parachever l'exécution de mon lancer, j'étais censé secouer la ligne à l'aide de la canne, pour que, si la ligne ne s'était pas prise dans les branchages, la mouche vienne se poser à la surface de l'eau juste au-dessous. Il se peut que je l'aie fait, ou bien il se peut que le poisson ait sauté hors de l'eau pour attraper la mouche au moment où elle remontait. C'est la seule fois de ma vie où j'aie eu à livrer bataille à un poisson qui s'agite dans un arbre.

Les Indiens faisaient jadis des paniers avec les branches rouges des osiers, aucun risque donc qu'elles se cassent en pleine action. Les adversaires en présence étaient bien le poisson et le pêcheur.

Il arrive une chose curieuse au pêcheur à l'instant même où le poisson vient de mordre à l'appât – indépendante de sa volonté et assez amusante. Dans son bras, dans son épaule ou bien dans sa cervelle, il y a comme une balance, et à l'instant même où le gros poisson s'élève en l'air, le pêcheur de gros poisson, quel que soit son degré d'excitation, place la balance sous le poisson et, avec sang-froid, il le soupèse. Il n'a pas assez de mains ni de bras pour faire toutes les autres choses qu'il est censé faire en même temps mais, en ce qui concerne le poids du poisson, il s'efforce d'être assez précis pour éviter une déception une fois le poisson pris. « Ce salaud-là pèse sept ou huit livres », me suis-je dit en essayant de tenir compte du fait que je soupesais sans doute une partie des branches avec.

L'air était rempli des feuilles mortes et des baies vertes des osiers secoués, mais les branches, elles, tenaient bon. Dans son irrésistible ascension, la grande truite brune faisait un nœud à chaque branche qu'elle rencontrait sur son chemin. Elle se tressa un panier fait de nœuds plats, de nœuds de chaise, et de doubles demi-clefs.

Il n'est pas pour le corps et l'esprit épreuve plus subite et brutale que la perte d'un gros poisson, vu que nous sommes en droit d'attendre, en principe, un minimum de transition entre la vie et la mort. Avec le gros poisson, à un moment donné, le monde forme un tout homogène, et la seconde d'après, pffft, disparu. Plus là. Le poisson a filé et vous, vous êtes anéanti, tout ce qu'il reste de vous et tout ce qu'il vous reste, c'est un bâton de cent trente grammes au bout duquel est attaché un fil plus un morceau de boyau semi-transparent au bout duquel est attaché un petit morceau tordu d'acier suédois au bout duquel est attaché un petit bout de plume arraché au cou d'un poulet.

Je ne saurais même pas dire par où il avait filé. Pour ce que j'en sais, il pouvait tout aussi bien avoir poursuivi son ascension jusqu'à disparaître en plein ciel.

Je suis sorti de l'eau pour aller voir dans le fourré s'il restait le moindre signe de sa présence matérielle. Il y avait un peu de fil à pêche emmêlé dans les branches, mais mes mains tremblaient si fort que je n'étais pas fichu de défaire les nœuds compliqués qui le retenaient aux branchages.

Moïse lui-même ne dut pas trembler davantage quand son buisson se mit à flamber à deux pas de lui. J'ai fini par détacher ma ligne du bas-de-ligne, en laissant le fil enchevêtré dans les saules.

Les poètes parlent volontiers du temps qui suspend son vol. Mais ce sont les pêcheurs, en vérité, qui font cette expérience de l'éternité ramassée en l'espace d'un instant. Personne ne peut prétendre avoir vécu l'immensité d'un instant tant qu'il n'a pas vu le monde s'incarner dans un poisson, et le poisson disparaître. Cet animal-là, je m'en souviendrai toute ma vie.

J'ai entendu une voix qui disait : « C'était une belle bête ». Ça pouvait être mon frère, comme ça pouvait tout aussi bien être le poisson lui-même qui était revenu à tire-d'aile pour faire le fanfaron derrière mon dos.

Je me suis retourné et j'ai dit à mon frère : « Je l'ai loupé ». Il avait assisté à tout, et donc, si j'avais trouvé mieux à dire, je l'aurais fait. Faute de quoi j'ai simplement répété : « Je l'ai loupé ». Et j'ai soudain aperçu mes mains, elles étaient paume en l'air, comme dans un geste de supplication.

« Tu n'y es pour rien », m'a-t-il dit. « Il n'y a pas moyen d'attraper un gros poisson dans un fourré. Première fois, en fait, que je vois quelqu'un essayer. »

Je pense qu'il s'efforçait de me mettre un peu de baume dans le cœur, d'autant plus que j'étais bien obligé de voir deux gigantesques queues brunes avec de gigantesques taches noires qui dépassaient de son panier. « Et les tiens, comment est-ce que tu les as pris ? », lui ai-je demandé. J'étais encore tout échauffé et je n'hésitais pas à demander ce que j'avais envie de savoir.

« Je les ai pris dans un haut-fond, à un endroit où il n'y a pas de végétation », m'a-t-il répondu.

« Des gros comme ça, dans un haut-fond, à découvert ? » ai-je dit, incrédule.

« Eh oui », a-t-il dit, « des grandes truites brunes. Toi, tu as l'habitude de pêcher les grandes arc-en-ciel en eau profonde. Mais les grandes brunes, elles, se nourrissent souvent le long des rives, au bord d'une prairie, là où parfois il tombe à l'eau des sauterelles, ou même des souris. Il faut marcher le long de la berge jusqu'à ce que tu aperçoives des dos noirs qui dépassent de la surface et de la vase qui tourbillonne ».

Cela m'a laissé encore plus pantois. J'étais persuadé d'avoir pêché d'une façon parfaitement orthodoxe, en faisant à la lettre tout ce que mon frère m'avait appris, sauf qu'il ne m'avait pas dit ce qu'il faut faire quand un poisson grimpe aux arbres. C'est ça le problème quand on est seulement un disciple, on apprend certains des trucs du maître, comme par exemple de lancer dans un fourré, mais on s'en sert au moment même où le maître, lui, fera exactement le contraire.

J'étais encore sous le coup. Il y avait toujours à l'intérieur de moi comme un grand creux qui éprouvait le besoin d'être comblé et qui réclamait la réponse à une autre question. Je n'avais pas, avant de la poser, la moindre idée de ce que cela allait être. « Est-ce que je peux t'aider, du point de vue argent ou autre chose ? », ai-je demandé à Paul.

Consterné d'entendre ce que je venais de dire, j'ai essayé de retrouver mon sang-froid en vitesse. Au lieu de ça, je n'ai fait que renchérir sur mon erreur initiale. « Je me suis dit que tu avais peut-être besoin d'aide à cause de l'autre soir », ai-je dit. Il risquait évidemment de prendre mon allusion à l'autre soir pour une allusion à sa petite amie indienne. Alors, pour changer de sujet, j'ai dit : « Je me suis dit que, la nuit où tu avais couru après ce lapin, ça t'avait peut-être coûté pas mal de fric de faire réparer le capot de ta voiture ». Et de trois.

Il a réagi comme si son père venait de lui proposer de

reprendre un peu de porridge. Il a baissé la tête en silence en attendant que je veuille bien me taire. Puis il a déclaré : « Il va pleuvoir ».

J'ai jeté un coup d'œil au ciel auquel je ne pensais plus depuis que le monde avait diminué, diminué, pour se réduire aux dimensions d'un fourré. Oui, il y avait bien un ciel là-haut, mais ce n'était rien d'autre qu'un lourd nuage noir qui pesait sur le canyon.

« Où est Neal ? » a demandé mon frère.

La question m'a pris par surprise et j'ai dû réfléchir jusqu'à ce que la mémoire me revienne. « Je l'ai laissé au premier coude », ai-je fini par dire.

« Tu vas drôlement te faire engueuler », a dit mon frère.

Cette remarque a eu pour effet de rouvrir tout grand mon univers, assez grand pour lui permettre de contenir un demi-tonne et plusieurs femmes, toutes écossaises. « Je sais », ai-je répondu, et je me suis mis à démonter ma canne. « J'ai fini pour aujourd'hui », ai-je dit, en montrant ma canne du menton.

« Tu as pris ton quota ? » a demandé Paul. « Non », ai-je répondu, sachant bien que c'était sa façon de me demander si je ne trouvais pas que j'avais assez d'ennuis comme ça, sans en rajouter en rentrant sans avoir pêché mon maximum pour la journée. Pour les femmes qui ne pêchent pas, un homme qui rentre de la pêche sans avoir pris son maximum est un minable, un raté.

Mon frère n'était pas loin de penser la même chose. « Ça ne te prendrait que quelques minutes de compléter ton quota avec quelques "*Brookies*", regarde, elles sautent encore un peu partout. Je vais griller une cigarette pendant que tu en prends une demi-douzaine. »

« Merci, mais j'ai vraiment fini pour aujourd'hui », ai-je répondu, tout en sachant bien qu'il ne pouvait pas comprendre que ce n'était pas six truitelles de ruisseau de plus ou de moins qui allaient modifier ma vision du monde. Aucun doute là-dessus, c'était une de ces journées où le monde extérieur n'allait pas me donner l'occasion de faire les deux choses que j'avais vraiment envie de faire : attraper une grande truite brune, et établir un réel contact avec mon frère de manière à lui venir en aide. Au lieu de ça, il y avait un fourré vide, et il allait pleuvoir.

« Viens, allons chercher Neal », a dit Paul. Puis il a ajouté : « Tu n'aurais pas dû le laisser tout seul ».

« Pardon ? »

« Tu devrais essayer de l'aider. »

Je trouvais bien les mots, mais pas les phrases dans lesquelles les mettre. « Je ne l'ai pas laissé tout seul. Il ne m'aime pas. Il n'aime pas le Montana. Il m'a quitté pour aller pêcher à la ligne. Il n'est même pas foutu de pêcher à la ligne. Moi, tout me déplaît, dans ce type. »

Je sentais bien que c'était la déception d'avoir perdu le gros poisson qui ressortait en colère contre mon beau-frère. Je sentais aussi que c'était toujours la même chose que je rabâchais, sous des formes un peu différentes. J'ai quand même demandé : « Et toi, tu crois que tu devrais l'aider ? »

« Oui », a-t-il dit, « je croyais que c'était ce qu'on allait faire ».

« Comment ça ? »

« En l'emmenant pêcher avec nous. »

« Je viens de te le dire, il n'aime pas pêcher. »

« Peut-être », a dit mon frère. « Mais peut-être que ce qu'il aime, c'est qu'on essaie de l'aider. »

Je ne comprends toujours pas mon frère. Chaque fois qu'on proposait de l'aider, il déclinait l'offre. N'empêche que quand il disait que Neal avait besoin qu'on l'aide, d'une manière détournée, c'est sûrement de lui qu'il parlait.

« Allez viens », m'a-t-il dit, « allons le retrouver avant qu'il soit pris par l'orage ». Il a voulu me passer le bras autour des épaules, mais son panier de pêche avec les grandes queues de poissons qui dépassaient faisait obstacle entre nous. On avait l'air aussi patauds l'un que l'autre, moi qui aurais voulu l'aider, et lui qui aurait voulu me remercier.

« Bougeons-nous de là », ai-je dit. Nous avons retrouvé la piste et nous avons marché à contre-courant. Le nuage noir recouvrait entièrement le canyon. Les dimensions du monde se réduisaient à quelque chose comme 25 m sur 25 sur 25. Ça avait dû commencer comme ça, en 1949, quand l'incendie géant qui avait pris naissance à Mann Gulch, ravin où coule le Missouri, avait escaladé la crête pour redescendre jusqu'à l'Elkhorn. À Mann Gulch, les Eaux et Forêts avaient largué par hélicoptère seize de leurs meilleurs spécialistes des incendies de forêt, et treize d'entre eux n'avaient ensuite pu être identifiés que par leurs plombages. C'est avec la même violence que l'orage s'est abattu sur l'Elkhorn, comme déterminé à l'anéantir.

Comme si on avait donné le signal, plus un poisson ne sautait. Puis le vent s'est levé. L'eau a quitté le lit de la rivière et est remontée jusqu'aux branches, comme mon poisson. L'air tout le long de la berge s'est à nouveau rempli de feuilles d'osiers et de baies vertes. Puis l'air est devenu invisible. Sa présence ne se faisait plus sentir que sous forme de pommes de pin et de branches qui me fouettaient le visage et passaient leur chemin.

L'orage est arrivé au galop sur son cheval sauvage et il nous a piétinés.

Au coude que fait la rivière, nous avons atteint la prairie, et nous avons cherché Neal, mais bientôt nous ne savions même plus où nous étions. De l'eau me coulait des lèvres. « Il n'est pas ici, ce salaud », ai-je dit, même si nous ne savions plus trop ni l'un ni l'autre ce qu'il fallait entendre par « ici ». « Non », a dit mon frère, « il est là-bas ». Puis il a ajouté : « Au sec ». Nous savions l'un et l'autre ce qu'il fallait entendre par « là-bas ».

Le temps que nous retournions au camion, la pluie s'était mise à tomber dru, elle obéissait désormais aux lois de la pesanteur. Paul et moi avions mis nos cigarettes et nos allumettes à l'intérieur de notre chapeau pour les garder au sec, mais je sentais l'eau qui pénétrait jusqu'au cuir chevelu.

Le camion a émergé de l'orage comme une image surgie de la conquête de l'Ouest, on aurait dit un chariot bâché attaqué par la pluie qui l'encerclait. Ken avait dû revenir en vitesse de ses barrages de castors, juste à temps pour sortir deux vieilles bâches, leur tailler des piquets, et les étaler sur l'arrière du camion. C'est à moi, et pas à mon frère, que revint l'honneur d'être le premier à passer la tête dans l'entrebâillement des bâches, imitant ainsi la tête du jeu de massacre, vieille attraction des fêtes foraines, où l'on pouvait pour dix cents essayer de lui décocher une balle de base-ball.

La seule différence c'est que moi, avec ma tête dans le trou, j'étais comme paralysé et bien incapable d'éviter quoi que ce soit qu'on m'aurait lancé, ou même de choisir l'ordre dans lequel les choses m'apparaissaient.

En tout premier apparurent les femmes, puis le vieux matelas, les femmes apparaissant en premier parce que deux d'entre elles tenaient à la main des couteaux à découper, et la troisième, ma femme, une longue fourchette, et tout cela brillait dans la pénombre, sous les bâches. Les femmes étaient accroupies par terre à l'arrière du camion en train de préparer des sandwichs. Lorsqu'elles virent ma tête, elles pointèrent leur coutellerie dans ma direction.

Au milieu du camion, il y avait une fuite à l'endroit où les bâches s'affaissaient un peu et ne se rejoignaient pas tout à fait. Dans le fond se trouvait le vieux matelas, mais, à cause des couteaux, je ne le voyais pas en détail.

« Tu es parti et tu l'as laissé tout seul », a dit ma femme en pointant sur moi sa longue fourchette.

« Le pauvre, il ne va pas bien du tout. Il est resté trop longtemps au soleil », a dit ma belle-mère en affûtant son couteau avec un fusil à aiguiser.

Me servant des quelques mots qui voulurent bien sortir de mon gosier noué par le fait de servir de cible, j'ai demandé : « C'est lui qui vous a raconté ça ? »

« Oui, le pauvre », a-t-elle répondu, et elle s'est faufilée jusqu'au fond du camion pour aller lui caresser la tête d'une main tout en tenant toujours fermement son couteau de l'autre.

Les interstices entre les deux bâches laissaient entrer beaucoup d'eau mais très peu de jour, aussi me fallut-il un certain temps pour que mes yeux s'accoutument et finissent par distinguer mon beau-frère allongé sur le matelas. La lumière capta d'abord son front, qui était serein mais pâle, comme l'aurait été le mien si ma mère avait passé sa vie à me faire des sandwichs et à me protéger de la réalité.

Mon frère passa la tête entre les bâches et se planta à côté de moi. Cela me fit du bien de sentir la présence d'un représentant de ma famille à mes côtés. Je me dis : « J'espère qu'un jour, je lui revaudrai ça ».

Les femmes firent un sandwich à mon frère. Quant à moi, j'avais la tête et les épaules au sec, mais pour ce qui est du reste, j'aurais pu tout aussi bien être debout sous une gouttière. Paul était dans le même état et personne ne faisait mine de se pousser un peu pour nous faire de la place à l'intérieur. Ce salaud de Neal avait tout le fond du camion pour lui tout seul. Au lieu de rester vautré sur le matelas, tout ce qu'il avait à faire, flûte, c'était de s'asseoir.

72

Dehors, l'eau dégoulinait tout au long de mon dos sur une large surface, elle se rassemblait en une étroite rigole sur mes fesses, puis elle se divisait en deux branches et allait se déverser dans mes chaussettes.

Quand les femmes ne se servaient pas de leur quincaillerie pour faire des sandwichs à Neal, elles la pointaient sur moi. Je pouvais humer tous les sandwichs qu'elles ne me faisaient pas, et je pouvais humer l'eau qui passait à travers la toile et se transformait en vapeur à la chaleur des corps entassés. Je pouvais aussi humer les relents de l'alcool ingurgité la veille qui s'élevaient du vieux matelas. Vous savez sans doute que les Indiens construisent leurs bains de vapeur au bord des rivières. Une fois qu'ils sont couverts de sueur, ils plongent immédiatement dans l'eau froide – et, faut-il ajouter, il arrive qu'ils meurent sur le coup. J'avais l'impression, quant à moi, d'être tout à la fois les deux moitiés de moi-même, un bain de vapeur, une rivière glacée – et je me sentais près de mourir sur le coup.

Toute une série d'ultimes pensées me passaient par la tête. « Comment ce salaud de Neal a-t-il fait pour rester trop longtemps au soleil ? S'il a vu le soleil deux heures en tout depuis qu'il a quitté le Montana pour aller sur la côte ouest, c'est tout le bout du monde. » J'eus une pensée spéciale pour ma femme. Je tenais à mettre les choses au point : « Ce n'est pas moi qui ai quitté ton frère. C'est ton salaud de frère qui m'a quitté ». Tout ça, bien sûr, c'était dans ma tête. Concernant ma belle-mère, je ne lui envoyais pas dire qu'elle avait bien dû tromper son mari, jadis, pour avoir un tel fils. Et, à l'adresse de ma femme et de sa mère, voilà ce que j'avais à dire : « Le seul problème, avec ce salaud, c'est que tout l'antigel qu'il a déversé dans son radiateur la nuit dernière au Black Jack's Bar s'est évaporé ».

Il n'a pas cessé de pleuvoir pendant tout le temps qu'il

nous a fallu pour rentrer à Wolf Creek et, jusqu'à la baraque de John McGregor, le camion a patiné dans la gadoue. Bien entendu Ken était au volant, et Paul et moi nous poussions. En plus, j'avais le ventre creux, ce qui n'arrangeait rien. À un moment, n'en pouvant plus, je suis allé jusqu'à l'avant du camion et j'ai demandé à Ken : « Dis donc, tu ne pourrais pas dire à ton frangin de se bouger de son matelas pour venir nous donner un coup de main ? »

À quoi Ken m'a répondu : « Ma parole on croirait que tu ne sais pas ce que c'est qu'un camion. Tu sais bien qu'il faut avoir du lest à l'arrière, sinon les roues arrière patinent ».

Je suis reparti à l'arrière, et Paul et moi on a poussé le lest, oh hisse, jusqu'à la baraque. C'était aussi dur de pousser dans les descentes que dans les côtes. On se serait cru dans les montagnes de l'est du Montana, à remonter la Powder River, célèbre pour sa gadoue, avec notre camion et son lest.

Une fois arrivés à Wolf Creek, Paul est resté le temps de m'aider à décharger le camion, qui était alourdi par la boue et par l'eau. On a sorti le matelas en dernier. Ensuite je suis allé me coucher car j'étais vanné, ou peut-être seulement affaibli par la faim, et Paul est reparti pour Helena. En allant dans ma chambre, j'ai aperçu Neal et sa mère devant la porte d'entrée. Le lest avait mis deux pull-overs bleu-blanc-rouge style Wimbledon. Il racontait des bobards à sa mère qui l'avait intercepté avant qu'il ait réussi à sortir en douce. Il avait l'air en pleine forme. Je connaissais deux tabourets de bar faits avec des cageots qui allaient être ravis de le revoir.

Je me suis mis au lit et j'ai lutté contre le sommeil, le temps de rassembler mes esprits et d'aboutir à une conclusion qui avait son poids d'évidence et qui pouvait s'énoncer ainsi : « Si je ne fiche pas le camp quelques jours de chez ma femme, je vais bientôt me retrouver célibataire ». Et donc, le lendemain matin, j'ai téléphoné à Paul de chez l'épicier pour qu'on ne puisse pas m'entendre de la maison. Je lui ai demandé s'il ne lui restait pas quelques jours à prendre sur ses vacances d'été parce qu'il fallait absolument que j'aille un peu à Seeley Lake.

Seeley Lake, c'est là que nous avons notre bungalow de vacances. Ce n'est qu'à vingt-cinq kilomètres du Blackfoot Canyon, et guère plus loin de la Swan, rivière qui coule doucement devant les Mission Glaciers, et qui est aussi belle que le cygne dont elle porte le nom. Je pense que mon frère sentait encore la pluie de la veille lui dégouliner dans le dos lorsque personne ne se bougeait pour nous faire un peu de place sous la bâche, il a donc compris très vite de quoi il retournait. En tout cas il m'a répondu : « Je vais en parler au patron ».

Le soir, j'ai posé une question à ma femme. C'était plus facile pour moi, dans mes négociations avec elle, de poser une question, mine de rien, que de procéder par une série d'affirmations. J'ai donc demandé : « Tu ne trouves pas que ce serait une bonne idée que Paul et moi on passe quelques jours à Seeley Lake ? » Son regard m'a passé au travers et elle a dit : « Si, bonne idée ».

J'ai survécu au lendemain et au surlendemain, et enfin nous voilà Paul et moi franchissant la ligne de partage des Rocheuses et laissant le monde derrière nous – c'est du moins comme ça que je voyais les choses. Mais à peine avions-nous amorcé notre glissade vers le Pacifique que Paul s'est mis à me parler d'une nouvelle fille qu'il avait levée. Je l'écoutais, mais sur le qui-vive, ne sachant pas de quel côté le vent allait tourner.

Comme d'habitude, j'étais perplexe. Peut-être qu'il voulait me dire quelque chose qui n'allait pas me plaire, mais qui me déplairait peut-être moins si ça avait l'air de se présenter comme une histoire, ou peut-être que j'étais sur une fausse piste avec mes soupçons, peut-être que c'était juste mon frère le reporter qui me faisait profiter de nouvelles trop personnelles ou trop poétiques pour être publiées.

« Elle est un peu bizarre », m'a-t-il dit, une fois qu'il eut été bien établi que nous étions sur le versant ouest de notre continent. « Oui », a-t-il repris, comme si j'avais fait un commentaire, « elle est un peu bizarre. Le seul endroit où elle accepte de se faire baiser, c'est le vestiaire des garçons derrière la salle de gym du collège ».

Ce qu'il a ajouté avait aussi l'air de venir en réponse à une question que j'aurais posée – c'était peut-être le cas, d'ailleurs. « Oh, elle a calculé son coup. Elle connaît une fenêtre des chiottes qui reste toujours ouverte, je l'aide à l'escalader, et ensuite, c'est elle qui me tend la main. »

La suite, il l'a ajoutée comme pour lui tout seul. « Pour se faire baiser, elle se met sur la table de massage. »

Pendant tout le reste du trajet, je n'ai pas arrêté de me demander s'il voulait me faire savoir qu'il avait des pépins avec une poule ou s'il jugeait de son devoir de veiller à ce que je garde l'esprit ouvert, bien que j'aie eu la drôle d'idée de me marier. Pendant que je remuais ça dans ma tête, j'avais l'impression de respirer un mélange d'odeur d'hamamélis, d'alcool à 90°, de radiateurs chauds avec des vêtements de sport étalés dessus à sécher, le tout dominé par la puissante odeur des armoires qu'on ne vide qu'une fois par an, à la fin de la saison de football.

Je me disais aussi : « Il fait déjà chaud. La pêche ne va pas être fameuse. Tous les poissons resteront terrés au fond ». Ensuite j'essayais de me représenter un poisson allongé sur le dos sur une table de massage. C'était dur de garder les images fluides et de ne pas se fixer une fois pour toutes sur celle du poisson qui aide le pêcheur à entrer par la fenêtre dans les waters du vestiaire des garçons. Au bout de tout ça, nous sommes arrivés au bois de mélèzes où se trouve notre bungalow. Là, d'un seul coup, il faisait frais. Les mélèzes ont entre huit cents et douze cents ans et, par leur taille et par leur âge, ils protègent de la chaleur. Nous sommes allés piquer une tête avant même de décharger la voiture.

Une fois rhabillés, sans prendre le temps de nous recoiffer, nous sommes allés suspendre nos maillots de bain sur une corde à linge qui était tendue entre deux balsamiers. On avait suspendu la corde assez haut pour que les cerfs ne risquent pas de s'y prendre les bois. Et donc j'étais sur la pointe des pieds à essayer de faire tenir une pince à linge quand tout d'un coup j'ai entendu une voiture quitter le chemin forestier pour entrer dans l'allée qui mène au bungalow.

« Ne te retourne pas », m'a averti mon frère.

La voiture a avancé jusqu'à ma hauteur et s'est arrêtée juste derrière moi. Son moteur ahanait dans la chaleur et je l'entendais qui me ahanait dans le dos. Malgré tout, je ne me suis pas retourné. Puis j'ai entendu quelqu'un tomber par la portière avant.

Quand j'ai regardé, tenant toujours à la main ma pince à linge, je me suis aperçu que quelqu'un ne pouvait pas être tombé par la portière avant, parce qu'il n'y avait pas de portière avant. Ce que la voiture avait, par contre, c'est des marchepieds à l'avant, et sur un marchepied, qu'est-ce que j'ai vu : une boîte en fer rouge des Hills Brothers, une bouteille de 3-7-77, et une bouteille entamée de grenadine. Dans le Montana, on ne s'inquiète pas trop de la qualité du whisky du moment qu'on a de la grenadine pour le faire descendre.

Comme s'il s'agissait d'une scène de western, il était midi juste. Mon beau-frère somnolait au volant, ce qu'il n'avait sans doute pas cessé de faire depuis Wolf Creek.

Peau-de-Chien s'est relevée du tapis d'aiguilles de mélèze

où elle avait atterri, elle a jeté un coup d'œil circulaire pour s'orienter et elle a mis le cap droit sur moi. Elle serait passée au travers de mon frère s'il ne s'était pas, de mauvaise grâce, poussé sur le côté.

« Enchantée ! » m'a-t-elle dit en me tendant la main. Machinalement, j'ai fait passer la pince à linge dans l'autre main pour qu'elle puisse serrer celle vers laquelle elle avait tendu la sienne.

Quelquefois, une chose qui se trouve en face de soi est si vaste qu'on ne sait pas quelle est la meilleure façon de l'appréhender : vaut-il mieux commencer par la percevoir comme un tout plutôt vague et y mettre petit à petit les différents éléments qui la composent, ou bien faut-il partir de rien et mettre en place les éléments un à un jusqu'à ce que quelque chose, tout d'un coup, vous permette de mettre un nom dessus ? Je n'avais encore mis en place que quelques éléments, et déjà ma voix intérieure me disait : « Ton frère ne croira jamais que ça n'est pas toi qui as manigancé ça ».

« Ça va, mes cocos ? », a-t-elle dit. « Je vous ai amené Jules pour qu'il vienne pêcher avec vous. »

Elle appelait toujours Neal Jules. Elle avait couché avec tellement de types qu'elle n'arrivait pas à retenir leurs noms. À part Black Jack, Tire-à-l'Arc et ses deux champions de rodéo, elle avait fini par les appeler tous Jules, sauf moi, qu'elle n'appelait pas. Elle me reconnaissait, mais elle ne se rappelait jamais qu'on se connaissait.

« Jules n'a plus de fric », a-t-elle dit. « Il a besoin que vous l'aidiez. »

« Vas-y, aide-le », m'a dit Paul.

« Il a besoin de combien ? », ai-je demandé.

« C'est pas votre fric qu'on veut », a-t-elle dit. « On veut aller pêcher avec vous. »

Elle buvait du whisky rose dans un gobelet en carton rose.

Je suis allé jusqu'à la voiture, côté chauffeur, et j'ai demandé, en m'adressant à la vitre avant gauche : « Tu veux aller pêcher ? »

De toute évidence, il avait appris par cœur sa réponse, pour le cas où il n'entendrait pas la question. Il a dit : « J'aimerais aller pêcher avec toi et avec Paul ».

« Il fait trop chaud pour aller pêcher à cette heure-ci », ai-je dit. La poussière soulevée par la voiture était encore visible entre les arbres.

« J'aimerais aller pêcher avec toi et avec Paul », a-t-il répété.

« Allons-y », a dit Paul.

« Prenons une seule voiture et je conduirai », ai-je dit.

« Je vais conduire », a dit Paul, et j'ai dit : « O.K. »

Peau-de-Chien et Neal, ça ne leur disait rien, l'idée de venir avec nous dans notre voiture. En un sens, ils auraient préféré être seuls, mais en même temps ils avaient peur d'être seuls, ou ils en avaient assez. Ils voulaient qu'on soit dans les parages, mais pas dans la même voiture, avec nous devant et eux derrière. Paul et moi, on n'a pas discuté. Lui s'est mis au volant, et moi je me suis assis à côté de lui. On les a entendus grommeler en aparté, et elle a fini par transporter leurs affaires sur notre banquette arrière – d'abord la grenadine, puis la boîte en fer rouge des cafés Hills Brothers.

C'est seulement à ce moment-là que je me suis aperçu qu'ils n'avaient pas de canne à pêche. Ç'aurait été n'importe qui d'autre que Paul, je lui aurais dit d'attendre une minute le temps d'aller voir s'ils n'avaient pas laissé les cannes dans leur voiture, mais pour Paul, le monde de la pitié ne s'étendait pas aux pêcheurs qui oublient leur équipement. Il était parfait avec moi, il avait été prompt à leur offrir son aide, il voulait bien les emmener pêcher à midi en pleine chaleur, à l'heure où tous les poissons sont terrés au fond de la rivière. Mais s'ils n'étaient pas foutus de penser à emmener ce qu'il faut pour pêcher une fois sur place, eh bien c'était tant pis pour eux.

Ils s'étaient tassés l'un contre l'autre et ils ont dormi pendant tout le trajet. J'étais content de ne pas être au volant, ça me permettait de ruminer en paix. Je me demandais par exemple comment il se fait que les femmes soient de telles poires et qu'elles soient toutes prêtes à voler au secours d'un salaud comme lui – et jamais au mien.

Un raidillon, et nous voilà sortis de la zone des pins et de la fraîcheur du chapelet de lacs pour affronter la lumière blanche des plateaux de Blanchard. « Quand on arrivera à l'embranchement avec la route de la Blackfoot, quelle direction veux-tu qu'on prenne ? » m'a demandé Paul. « La route du haut », ai-je dit. « Ils ne pourront jamais pêcher dans le canyon, les courants sont bien trop rapides. Remontons vers la source, avant que la rivière dévale les falaises, il y a des "calmes" épatants . » À l'entrée du plateau, on a donc quitté la grand-route pour rouler en cahotant sur des éboulis de l'ère glaciaire et arriver à un endroit où la rivière se sépare en deux bras et où elle est bordée de pins Ponderosa, ce qui nous a permis de garer la voiture à l'ombre.

Au milieu de la rivière, il y avait un long banc de sable. Si on pouvait l'atteindre à gué, c'était l'endroit rêvé pour pêcher. Des gros poissons des deux côtés, et pas de troncs d'arbres noyés, pas de grosses racines ni de rochers pour vous jouer des tours au moment de les ramener – rien que du sable à fleur d'eau pour les faire glisser en douceur sans même qu'ils se doutent qu'ils ont quitté la rivière, jusqu'au moment où ils suffoquent par manque d'eau.

C'était un plan d'eau où j'avais souvent pêché, mais je suis tout de même allé y jeter un coup d'œil avant de monter ma canne. Je m'en suis approché à pas comptés comme un animal qui a déjà essuyé le feu d'un chasseur. Une fois, je m'étais précipité, canne en main, pour mettre à mal un poisson dès le premier lancer, et j'avais déjà effectué ce premier lancer lorsque, soudain, j'avais vu tout un pan de montagne venir s'écrouler dans la rivière. Je n'avais même pas aperçu l'ours, et lui, à l'évidence, ne m'avait pas vu non plus, jusqu'au moment où il m'a entendu jurer parce que je n'avais pas réagi assez vite à la première touche. Je ne savais même pas ce que l'ours était venu faire – pêcher, nager, ou boire ? Tout ce que je sais, c'est qu'il avait déclenché une avalanche.

Si vous n'avez jamais vu un ours escalader une montagne, vous ne savez pas ce que c'est que l'escalade réduite à sa plus simple expression. Certes, les cerfs sont plus rapides, mais ils ne grimpent pas en ligne droite. Même les élans n'ont pas une telle puissance dans l'arrière-train. Les cerfs et les élans montent en zigzag avec des tournants en épingle à cheveux, et en faisant des arrêts qui leur permettent de reprendre leur souffle. L'ours, lui, quitte la terre comme un éclair qui couvrirait sa fuite en lâchant son tonnerre derrière lui.

Quand je suis revenu à la voiture, Paul avait monté sa canne. « Ils viennent, Neal et sa copine ? » J'ai jeté un coup d'œil à l'arrière de la voiture. Ils étaient encore endormis, sauf que, du seul fait de se sentir regardés, ils ont remué, donc ils ne dormaient peut-être plus. « Neal, réveille-toi et dis-nous ce que tu veux faire », ai-je dit. À contrecœur, il a fait des efforts spasmodiques pour se réveiller. Il a fini par se dégager de Peau-de-Chien qui dormait sur son épaule, et il est sorti tout raide de la voiture, comme un petit vieux. Il a regardé la rivière et il a demandé : « Qu'est-ce que tu dis de ce plan d'eau ? » « Excellent », ai-je répondu. « Et les quatre ou cinq suivants aussi. »

« Est-ce qu'on peut aller à gué jusqu'au banc de sable ? » m'a-t-il demandé, et je lui ai répondu que d'habitude non, mais qu'il avait fait tellement chaud ces temps derniers que le niveau de l'eau avait baissé de cinquante bons centimètres et qu'il ne devrait pas y avoir de problème.

« Alors c'est ce que je vais faire », a dit Neal. « Je vais rester pêcher ici. » De Peau-de-Chien, il n'a pas soufflé mot. Outre qu'il était orfèvre en l'art de faire comme si les femmes n'existaient pas, il savait bien que Paul et moi n'estimions pas que c'était ici sa place, alors il se disait sans doute que, s'il ne parlait pas d'elle, nous ne remarquerions pas sa présence.

Peau-de-Chien s'est réveillée et elle a tendu la bouteille de 3-7-77 à Paul. « Une petite gorgée ? », a-t-elle dit. Paul a fait dévier sa main pour que son invitation soit pour Neal. Comme je l'ai dit, pour toute une série de raisons, parmi lesquelles notre père, nous ne buvions jamais pendant que nous pêchions. Après, oui. En fait, dès que nous avions retiré nos vêtements mouillés et que nous pouvions mettre nos pieds dessus plutôt que sur les aiguilles de pin, l'un de nous deux tendait la main vers la boîte à gants où il y avait toujours une bouteille en réserve.

Si, quand vous entendrez la suite de l'histoire, vous pensez qu'elle est en contradiction avec ce que je viens de dire, il faut que vous sachiez que, dans le Montana, boire de la bière n'est pas ce qu'on entend par « boire ».

Paul a ouvert le coffre de la voiture, il en a sorti huit canettes de bière. Il a dit à Neal : « Quatre pour vous et quatre pour nous. On les plongera dans l'eau deux par deux dans les deux prochains plans d'eau. Ça vous fera oublier la chaleur ». Il lui a expliqué où il allait plonger les canettes et il aurait mieux fait de réfléchir avant de lui expliquer qu'il allait planquer les nôtres dans les deux plans d'eau suivants pour les retrouver sur le chemin du retour.

Que le monde était beau jadis. En tout cas, une rivière du monde, rivière dont j'avais presque le sentiment qu'elle m'appartenait – à moi, à ma famille, et aussi à quelques rares personnes qui ne piquaient pas la bière des autres. On pouvait laisser la bière à rafraîchir dans la rivière et, quand on revenait, elle était si froide qu'elle moussait à peine. C'était de la bière brassée dans la ville la plus proche, pour peu que celle-ci compte dix mille habitants. C'était donc soit de la Kessler brassée à Helena, soit de la Highlander brassée à Missoula que nous mettions à rafraîchir dans la Blackfoot River. Que le monde était merveilleux jadis, à l'époque où l'on pouvait boire de la bière qui ne soit pas automatiquement importée de Milwaukee, de Minneapolis ou de Saint-Louis.

Nous avons calé notre bière avec des pierres pour éviter qu'elle soit emportée par le courant. Puis nous sommes descendus en aval pour nous mettre à un bon intervalle de pêche. Il faisait tellement chaud que même Paul n'avait pas l'air pressé. Soudain il a rompu la léthargie : « Un jour », a-t-il dit, « Neal va ouvrir les yeux sur ce qu'il est vraiment et il ne reviendra pas dans le Montana. Il n'aime pas ce pays ».

La seule chose qui m'ait préparé à cette remarque, c'est que j'avais vu Paul scruter le visage de Neal au moment où il s'était réveillé dans la voiture. J'ai enchaîné : « Je sais en tout cas qu'il n'aime pas pêcher. Ce qu'il aime, c'est raconter aux femmes qu'il aime pêcher. Les femmes sont contentes et lui aussi. Et les poissons aussi », ai-je ajouté. « Tout le monde y trouve son compte. »

Il faisait si chaud que nous nous sommes arrêtés pour nous asseoir sur un tronc d'arbre. Quand nous nous taisions, on entendait les aiguilles de pin tomber comme des feuilles mortes. Soudain, on ne les a plus entendues. « Je devrais quitter le Montana », a dit Paul, « aller sur la côte ouest ».

J'y avais pensé moi-même, mais je lui ai demandé : « Pourquoi ? » « Tout ce que je fais ici », a-t-il dit, « c'est les comptes rendus d'événements sportifs, les petites annonces et les chiens écrasés. Je n'ai rien à foutre. Et ici, je n'aurai jamais rien à foutre ».

« Sauf aller à la pêche et à la chasse », ai-je dit.

« Et m'attirer des pépins », a-t-il dit.

Je lui ai redit ce que je lui avais déjà dit : « Je t'ai déjà dit que je pourrais sans doute t'aider, si tu veux travailler pour un grand journal. Là, tu pourrais faire des choses qui t'intéressent, des articles de fond, et peut-être un jour avoir ta chronique à toi ».

Il faisait tellement chaud que les mirages de chaleur, à la surface de l'eau, se fondaient les uns dans les autres. On pouvait se demander si les paroles qui venaient d'être prononcées n'étaient pas, qui sait, des oracles. « Bon dieu, quelle chaleur ! » a dit Paul. « Allons-y, la rivière va nous rafraîchir. »

Il s'est levé, il a ramassé sa canne qui, tout entourée de ses fils de soie, magnifique, miroitait comme l'air alentour. « Je ne quitterai jamais le Montana », a-t-il dit. « Allons pêcher. »

Au moment où nous nous séparions, il a encore dit : « Les pépins, je m'en fous ». La boucle était bouclée, et il faisait tellement chaud que la pêche ne pouvait être que désastreuse.

Et elle le fut. Au milieu d'une vague de chaleur, en plein midi, la mort vient frapper l'eau courante. Vous avez beau lancer et relancer la ligne, rien ne monte à la surface. On ne voit même pas sauter une grenouille. Vous commencez à vous demander si vous n'êtes pas la seule créature vivante de toute la rivière. Peut-être qu'au cours de l'évolution des espèces, toute forme de vie a déserté l'eau pour venir sur la terre ferme, sauf vous qui n'en êtes encore qu'à la moitié du processus évolutif, avec la partie de vous qui se trouve hors de l'eau tout altérée par cet air auquel vous n'êtes pas habitué. Et quand le soleil rebondit de la surface de l'eau pour venir vous frapper au-dessous des sourcils, même votre chapeau ne vous sert pas à grand-chose.

Avant même de commencer, je savais que ça allait être dur, alors j'ai essayé de faire travailler ma matière grise. Je lançais ma ligne à l'avant et à l'arrière des gros rochers, là où les poissons peuvent rester à l'ombre et attendre que l'eau leur apporte leur nourriture sans qu'ils aient à courir après. Je me concentrais aussi sur les eaux mortes sous les buissons, là où les poissons peuvent rester à l'ombre et attendre que les insectes se mettent à éclore dans les branches et tombent à leur portée. Mais il n'y avait, à l'ombre, que des ombres.

Partant de l'hypothèse que si une idée ne donne rien, c'est peut-être le contraire qui va marcher, j'ai laissé tomber l'ombre pour m'avancer le long d'une prairie à découvert qui bruissait de sauterelles. Quand on connaît bien son sujet, on n'a pas de mal à défendre le point de vue inverse. Je me disais : « C'est l'été, les sauterelles viennent se dorer au soleil, donc sûrement les poissons aussi ». J'ai mis une mouche à ventre de liège qui avait l'air d'une de ces grosses sauterelles jaunes bien juteuses. J'ai pêché près de la berge, là où même de gros poissons viennent guetter si une sauterelle ne va pas faire un faux pas. Après la sauterelle flottante en liège, j'ai mis une grosse mouche avec un corps en laine jaune fait pour absorber l'eau et s'enfoncer comme une sauterelle morte. Toujours rien, pas même une grenouille.

L'esprit abandonne bien moins volontiers que le corps, c'est pourquoi les pêcheurs ont inventé ce qu'ils appellent « la théorie de la curiosité », qui est à peu près ce que son nom indique. C'est la théorie selon laquelle les poissons, tout comme les humains, attraperaient quelquefois un truc, juste histoire de savoir ce que c'est, et pas forcément parce que ça a l'air bon à manger. Pour la plupart des pêcheurs, cette théorie n'est à utiliser qu'en dernier ressort, mais quelquefois ça marche, enfin presque. J'ai mis une mouche que George Croonenberghs avait montée pour moi quand il était encore tout jeune, bien longtemps avant de devenir l'un des meilleurs monteurs de mouches de tout l'Ouest américain. Cette mouche-là, inventée en un moment d'enthousiasme juvénile, comportait à peu près tout ce qu'on peut mettre à une mouche, depuis le poil de cerf jusqu'aux imitations de plumes de poule.

Un jour où je pêchais dans le cours supérieur de la Blackfoot, j'avais vu une drôle de chose avec un cou et une tête qui se faisaient emporter par le courant tandis que la chose en question essayait de traverser la rivière à la nage. Je n'arrivais pas à comprendre ce que ça pouvait bien être, jusqu'au moment où la chose avait atterri sur la rive et s'était secouée. Alors, je m'étais aperçu que c'était un lynx. Au cas où vous ne sauriez pas à quoi ressemble un lynx mouillé, eh bien ça ressemble à un petit chat mouillé. Celui-là, tant qu'il était mouillé, n'était qu'une petite chose maigre et timide, mais une fois qu'il fut sec, avec sa fourrure bouffante et reprenant confiance dans le fait qu'il était un félin, il se retourna, me vit, et émit un long sifflement de défi.

J'espère que mon vieux copain de pêche, George Croonenberghs, ne m'en voudra pas si je dis que cette mouche née de son imagination fertile, une fois lancée dans l'eau et se débattant contre le courant, avait quelque chose de ce lynx. En tout cas, elle avait l'air de quelque chose qui peut intéresser un poisson.

Des profondeurs mortes et désolées, soudain, jaillit la vie. L'animal apparut si lentement qu'on eût dit que lui-même et le temps historique étaient en train de naître et de se former à l'instant. Au bout d'un moment, il se présenta comme ayant vingt-cinq centimètres de long. Il se rapprochait, il se rapprochait, mais au-delà d'un certain point, il cessa de grandir, je dus donc admettre que c'était là sa taille. À une distance prudente, l'animal de vingt-cinq centimètres se mit à nager en rond autour de la mouche-lynx de George. Jamais je n'ai vu si petit poisson ouvrir de si grands yeux. Il ne quittait pas la mouche des yeux et semblait se laisser porter par l'eau. Puis il se soumit aux lois de la pesanteur et s'enfonça. Quand il fut assez loin pour mesurer à nouveau une quinzaine de centimètres, il fit volte-face et redevint un poisson de vingt-cinq centimètres pour jeter un dernier regard circonspect sur la mouche de George. À mi-parcours du cercle qu'il décrivait, il quitta la mouche des yeux et me vit, aussitôt il fila et disparut. C'est sans doute la seule fois qu'un poisson eut l'occasion d'étudier sérieusement cette création juvénile de George, mais je l'ai toujours gardée, ne serait-ce que pour des raisons sentimentales.

J'ai laissé tomber la théorie de la curiosité, je me suis mis à plat ventre, j'ai bu quelques gorgées d'eau, et j'avais encore plus soif après. Je me suis mis à penser à la bière et j'avais bien envie d'arrêter de perdre mon temps. J'aurais volontiers arrêté les frais, sauf que je ne voulais pas être surpris à me prélasser à l'ombre par mon frère quand il me demanderait : « Combien en as-tu pris ? » et que je serais obligé de lui avouer : « J'ai fait chou blanc ». « Bon, je vais tenter ma chance un peu plus loin », me suis-je dit, en mettant de la ferveur dans ce vœu.

Quand je fais un vœu, j'aime bien qu'il se réalise, aussi ai-je marché un bon bout de temps en suivant la rive et en cherchant du regard ce dernier plan d'eau que j'appelais de mes vœux. Quand il s'est enfin présenté, je n'y ai d'abord guère prêté attention, parce que c'était un bassin d'allure assez ordinaire, mais à y regarder de plus près, je me suis aperçu qu'il y avait des poissons qui sautaient de partout. Presqu'au même moment j'ai reniflé quelque chose, quelque chose qui, ma parole, sentait mauvais. Par cette canicule, disons même que ça sentait très mauvais. Je n'avais pas trop envie de m'en approcher, mais plein de poissons jusqu'alors inexistants s'étaient mis à sauter là, alors j'ai dévalé la berge en contournant le castor mort qui était à mi-pente et je me suis posté au bord de l'eau. Je tenais le bon bout.

Quand je l'ai vu, ce castor mort, j'ai compris pourquoi les poissons sautaient tant qu'ils pouvaient. Même un pêcheur du dimanche aurait compris qu'il avait attiré tout un essaim d'abeilles qui volaient en rasant la surface du sol et de l'eau. J'avais toutes les chances d'avoir la mouche qui ferait l'affaire, une mouche que mon frère, lui, n'avait sans doute pas. Il n'emmenait jamais beaucoup de mouches avec lui. Il les transportait dans le ruban de son chapeau, il en avait peut-être vingt ou vingt-cinq en tout et pour tout et, en fait, ça ne représentait que quatre ou cinq espèces de mouches différentes, parce que chacune existait en plusieurs tailles. C'était ce que les pêcheurs appellent des mouches « générales », ou mouches « à tout faire », à partir desquelles un bon pêcheur peut imiter toutes sortes d'insectes à différents stades de leur développement, de la nymphe à la bête ailée. Les mouches, pour mon frère, c'était un peu comme les outils pour mon père. Mon père, qui était excellent charpentier, disait qu'un mauvais ouvrier peut toujours frimer du moment qu'il a suffisamment d'outils. Moi-même, je n'étais pas assez bon pêcheur pour traiter les outils par le mépris. J'avais toujours avec moi une boîte pleine de mouches « à tout faire », et aussi un assortiment de celles que les pêcheurs appellent les mouches « spécialisées », ou « exactes ». Ces mouches-là sont celles qui imitent une espèce bien particulière – par exemple les fourmis volantes, les éphémères, les perles, les mouches à scie. Et les abeilles.

J'ai sorti de ma boîte une mouche que George Croonenberghs avait montée afin d'imiter l'abeille. Au regard, elle ne ressemblait pas trop à une abeille. Si vous voulez devenir pêcheur à la mouche, n'oubliez pas que le poisson et vous ça fait deux, et n'achetez pas des mouches de drugstore, de ces mouches qui, quand vous les achetez, ressemblent à l'insecte dont elles portent le nom. George avait dans son jardin un grand aquarium. Il le remplissait d'eau, il se glissait dessous et, de cette position, il observait l'insecte qu'il voulait imiter flottant à la surface de l'eau. Vu par en dessous, un insecte a une tout autre allure. J'ai mis sur mon bas-de-ligne l'abeille de George qui ne ressemblait pas à une abeille et, en un rien de temps, j'avais attrapé trois poissons. Ça n'était pas des gros poissons mais ils mesuraient quand même une bonne trentaine de centimètres. Ouf, je sauvais la face.

C'est peut-être bizarre, mais un pêcheur n'aime pas finir sur un nombre impair. Je voulais donc en prendre encore un pour que ça fasse quatre. Ce quatrième-là me donna du fil à retordre. Il était tout petit, et j'ai bien compris que c'était le dernier, les autres avaient appris à se méfier de l'abeille de George. Par contre, la chaleur croissante de l'après-midi rendait de plus en plus insistante la présence du castor mort. Je suis donc remonté sur la berge et, en marchant contre le vent, je suis allé jusqu'au coude suivant de la rivière pour attendre Paul qui pêchait en aval. Il pouvait maintenant me poser la question rituelle, et je pouvais me prélasser à l'ombre en toute bonne conscience.

Je restais assis là, dans la chaleur de l'après-midi, chassant le castor de mes pensées et essayant de ne penser qu'à la bière. J'essayais aussi de toutes mes forces de ne plus penser ni à Neal ni à Peau-de-Chien. Et je risquais de passer un bout de temps à ça, parce que mon frère n'allait sûrement pas se contenter de trois ou quatre poissons, comme moi, et même lui aurait du mal à en attraper davantage. À force de chasser de mon esprit tout ce qui me dérangeait, le monde finissait par n'être plus rien d'autre que la rivière qui coulait sous mes yeux, et moi qui la regardais couler. À la surface de l'eau, les mirages de chaleur dansaient les uns avec les autres. Bientôt, dansant toujours, je les vis s'entremêler, puis faire la ronde. Pour finir, celui qui regardait ne fit plus qu'un avec ce qu'il regardait. L'un des deux avait été absorbé par l'autre. Lequel ? Je crois bien que c'était moi.

On voyait même comme le squelette de la rivière. Un peu plus loin en aval, il y avait un lit à sec dans lequel elle avait jadis coulé. C'est souvent quand une chose est morte qu'on apprend à mieux la connaître. Cette rivière, je l'avais connue à l'époque où elle coulait dans ce lit maintenant asséché, je pouvais donc ranimer sa dépouille rocailleuse grâce aux eaux de la mémoire.

Prise dans la mort, elle gardait l'essentiel de sa forme : qui ne souhaiterait pouvoir en dire autant ? Une vue d'ensemble offrait une courbe serpentine comme aiment en montrer les tableaux, courbe qui occupait toute la vallée, de la colline où je me trouvais jusqu'à la dernière colline à l'horizon. Mais, à y regarder de plus près, ces méandres étaient des tournants abrupts. La rivière coulait droit un temps, puis elle faisait brusquement un coude, elle reprenait son cours normal, puis elle rencontrait un autre obstacle, hop, elle refaisait un coude, puis elle reprenait son cours normal. Des lignes droites qui ne parviennent pas à être de pures lignes droites, des coudes qui ne parviennent pas à former des angles droits, tout cela devenait les nobles courbes de l'artiste peintre qui se déployaient dans la vallée à perte de vue.

Je me mettais aussi à faire partie de la rivière en comprenant comment elle était faite. La Big Blackfoot est une rivière glaciaire d'origine récente qui coule dru et en pente raide. C'est une série de rapides qui coulent droit jusqu'à ce qu'ils rencontrent de gros rochers, ou de grands arbres avec de grosses racines. C'est là que la rivière décrit ce coude qui n'est jamais exactement à angle droit. Alors, elle tourbillonne et creuse son lit au milieu des gros rochers, puis remonte pour les contourner, et c'est là que vivent les gros poissons, sous cette écume. Quand la rivière ralentit, le sable et la pierraille qu'elle a accumulés dans les rapides se déposent peu à peu, le courant s'assagit, le lit se fait plus étroit. Quand la rivière a fini de déposer ces alluvions, l'eau se remet à couler dru.

Par une après-midi de canicule, l'esprit peut aussi évoquer les poissons et les mettre en scène dans ce cadre qu'il vient de créer pour eux, la rivière. Il verra volontiers ces poissons passant la plus grande partie de leur temps dans un « calme », près d'un coude, à un endroit où ils sont à l'abri des gros rochers, et où ils ont la vie facile avec la nourriture qui leur est apportée à domicile par les eaux généreuses. De là, ils peuvent remonter jusqu'aux rapides quand ils ont vraiment faim, ou qu'on est en septembre et que la température fraîchit, mais vivre en permanence dans des eaux aussi tumultueuses n'est pas de tout repos. L'imagination qui compose ce tableau peut également inviter les poissons à se diriger vers les eaux calmes le soir, à l'heure où sortent toutes sortes de moucherons et de petits insectes. Pour ces occasions, le pêcheur doit apprendre à se servir de ses petites mouches sèches, en les graissant pour qu'elles flottent. Il faut aussi qu'il sache que, dans les eaux calmes du soir, tout doit être réglé à la perfection, parce que, une fois disparu l'éclat éblouissant du soleil, le poisson voit tout, et même quelques poils en trop à la queue d'une mouche peuvent tout gâcher. L'esprit s'efforce d'établir toutes ces règles mais, bien entendu, les poissons ne les respectent pas toujours.

Les pêcheurs croient volontiers que la rivière a été créée

en tenant compte, entre autres, de leurs desiderata, et ils en parlent toujours comme si c'était le cas. Ils parlent des trois parties de la rivière comme si elles constituaient une unité qu'ils appellent « un plan d'eau » : des rapides, ils disent que c'est « l'entrée du plan », du coude ils disent que c'est « le grand bleu », ou « le bassin », quant aux eaux calmes et basses en aval, ils les appellent « la sortie du plan », et ils sont persuadés que si l'eau est basse et calme à cet endroit, c'est pour leur permettre de passer à gué afin d'aller « tenter leur chance de l'autre côté ».

Tandis que les mirages de chaleur dansaient et s'entremêlaient sous mes yeux, je voyais des motifs empruntés à ma propre existence s'unir à eux. C'est là, en attendant mon frère, que j'ai commencé à me raconter cette histoire. Pourtant, à l'époque, j'ignorais encore que les histoires vécues ressemblent plus souvent à des rivières qu'à des livres. Je savais une chose, c'est qu'une histoire avait commencé, il était une fois, dans la rumeur de l'eau. Et je pressentais qu'en continuant à avancer j'allais rencontrer quelque chose qui résisterait à l'érosion, créant ainsi un coude, des cercles concentriques, des alluvions, et le calme enfin.

Le pêcheur a une formule pour décrire ce qu'il fait quand il étudie la configuration des eaux. Il appelle cela « lire la rivière », et peut-être en effet que pour raconter ses histoires c'est plus ou moins cette lecture qu'il doit faire. Son plus grand problème, c'est sans doute de deviner où, et à quel moment de la journée, la vie acceptera de se laisser prendre pour une plaisanterie. Et de savoir si ce sera une bonne ou une mauvaise plaisanterie.

Pour nous tous, en vérité, il est bien plus facile de lire les eaux de la tragédie.

« Alors, ça a mordu ? » La question et la voix qui la posait semblaient suggérer que, si je me réveillais, en levant les yeux j'allais voir mon frère. Hypothèse qui s'est transformée en certitude quand la voix a ajouté : « Et d'abord, qu'est-ce que tu fous là ? »

« Rien, je réfléchis », ai-je répondu, comme tout un chacun quand aucune autre réponse ne vient à l'esprit.

Paul a déclaré qu'il faisait trop chaud pour pêcher, mais qu'il en avait quand même pris « un bon paquet », ce qui voulait dire une douzaine de poissons de taille honorable. « Allons chercher cette bière », a-t-il ajouté. À peine avait-il dit le mot « bière » que tout m'est revenu d'un coup : la bière, le beau-frère, et la fille qui était avec lui.

« Fameuse idée, allons-y », ai-je dit.

Paul faisait tournoyer un décapsuleur autour de son petit doigt. Nous avions la bouche tellement sèche que le seul fait d'essayer de déglutir faisait mal aux oreilles. Pour toute conversation, nous entonnions le refrain du pêcheur en été : « Qu'est-ce que ça ferait du bien, une bonne bière ! »

Une piste de troupeaux faisait un raccourci entre la berge où nous nous trouvions et le coude de la rivière, en contrebas, où nous avions laissé la bière à rafraîchir. Nous l'avons descendue les jambes raides. Paul marchait devant et une fois presque en bas, il a débloqué ses genoux d'un coup et il a dévalé jusqu'à la rivière. Nous avions enfoui la bière dans l'eau courante pour qu'elle reste au frais, mais pas dans un courant rapide qui risquait de l'entraîner.

« Je ne la vois pas », a dit Paul en tâtant le terrain du pied. « Ça doit être que tu ne regardes pas au bon endroit », ai-je dit, « elle est forcément là ». Et je suis entré dans l'eau pour le prouver, mais je commençais à avoir un doute.

« Ça ne sert à rien de chercher », a-t-il dit. « C'est là qu'on l'avait mise. » Il m'a montré les trous que nous avions faits dans la vase en enlevant des pierres pour caler les canettes. Je tâtais la vase du bout de ma botte en caoutchouc, comme si une canette pouvait, par miracle, être cachée dans un trou de la taille d'un gros caillou. Mais il n'y avait pas de canettes cachées dans des trous plus petits qu'elles.

Nous contenions notre soif depuis longtemps. Alors, enfoncés jusqu'aux genoux dans la vase près des trous, nous avons arrondi nos mains pour boire à même la rivière.

Entre la voiture et nous, il y avait encore trois bassins où nous avions mis de la bière, mais nous n'avions pratiquement plus d'espoir de retrouver la moindre canette.

« En tout », a dit Paul, « nous avons réparti nos huit canettes dans quatre trous. Tu crois qu'ils ont pu boire huit canettes en plus de ce qui restait de 3-7-77 ? »

Il ne se mettait pas en colère, par égard pour moi, et pour ma femme et ma belle-mère. Mais il n'en pensait pas moins, et je le comprenais. Même si nous avions pris cette piste, nous n'avions jamais perdu la rivière de vue, et aucun de nous deux n'avait aperçu le moindre pêcheur. Alors, qui d'autre ?

« Je suis désolé, Paul », ai-je dit. « Je te jure que si j'avais pu faire autrement, je ne me serais pas embarrassé de ce type. »

« Tu ne pouvais pas faire autrement », a dit Paul.

Et alors nous avons fait quelque chose qui, à première vue, m'a paru une réaction bizarre, étant donné que nous savions, sans même aller vérifier, qu'il ne restait pas une canette de bière et que nous savions qui les avait prises. Nous nous sommes tous les deux retournés d'un seul coup et nous sommes sortis de l'eau en poussant un grand hurlement, comme deux bêtes qui viennent de traverser une rivière à gué et qui, au moment où elles vont atteindre la rive, bondissent et s'éclaboussent. Et longtemps après qu'elles soient sorties de l'eau, les vagues qu'elles ont déclenchées viennent encore mourir contre le rivage. Longtemps après, j'ai compris que la modération de nos paroles, c'était par gentillesse l'un vis-à-vis de l'autre, et que le grand hurlement et les bonds dans l'eau étaient destinés à ceux qui nous avaient piqué notre bière.

Nous marchions le long de la rive en faisant crisser les galets sous nos pas. À chacun des trois bassins suivants, nous avons accompli le rite de contempler l'espace vide là où les pierres que nous avions calées avaient été déplacées.

Nous sommes alors arrivés à un endroit d'où nous apercevions, de loin, la voiture au bord de l'eau, et où la rivière était séparée en deux bras par un banc de sable.

Personne n'avait déplacé la voiture pour la mettre à l'ombre. J'imaginais le contact brûlant si nous touchions un des pare-chocs en enlevant nos vêtements mouillés.

« Je ne les vois pas », ai-je dit. « Moi non plus », a dit Paul.

« Ils ne peuvent pas être dans la voiture », ai-je dit, et Paul a ajouté : « Un jour comme aujourd'hui, un chien dans une voiture, on le retrouverait mort ».

Marchant vite et les cherchant du regard, je ne regardais pas où je mettais les pieds, ce qui fait que j'ai trébuché sur une pierre et j'ai atterri sur mon coude que j'avais écarté pour ne pas tomber sur ma canne à pêche. Pendant que j'enlevais les gravillons de la coupure que je m'étais faite, Paul a dit tout d'un coup : « C'est quoi là-bas, sur le banc de sable ? » Tout en continuant à éplucher mon coude meurtri, j'ai répondu : « Peut-être que c'est l'ours ».

« Quel ours ? », a-t-il demandé.

« L'ours de la montagne », ai-je dit. « C'est là qu'il vient boire. »

« Ce que je vois n'est pas un ours », a-t-il dit.

À mon tour, j'ai examiné le banc de sable. « Peut-être deux ours ? » ai-je suggéré.

« Deux, ça c'est sûr, mais pas des ours », a-t-il dit. « Ça ne peut pas être des ours, c'est rouge. »

« Attends de voir ce que tu appelles "ça" filer vers la montagne », ai-je dit. « Tu verras bien à ce moment-là que c'est des ours. Les ours escaladent les montagnes en ligne droite. »

D'instinct, nous avions ralenti le pas, comme prêts à faire un bond de côté si « ça » faisait un mouvement brusque.

« C'est rouge », a dit Paul, « et c'est ce qui a bu nos bières ».

À mon tour j'ai dit : « Ça n'a pas forme humaine. Et tu as raison, c'est rouge ».

En parlant nous nous étions arrêtés, vaguement inquiets, comme des animaux qui s'approchent d'un point d'eau et qui aperçoivent quelque chose dans l'eau à l'endroit où ils s'apprêtaient à boire. Aucun de nous deux ne s'est mis à piaffer ou à hennir, mais nous comprenions bien qu'on puisse avoir envie de hennir et de piaffer. Nous n'avions pas le choix, il fallait avancer.

Et c'est ce que nous avons fait, jusqu'au moment où nous en avons eu le cœur net. Mais nous ne pouvions pas y croire. « Un ours, tu parles », a dit Paul, « c'est un cul à l'air ».

« Deux culs à l'air », ai-je précisé.

« C'est ce que je voulais dire », a-t-il dit. « Deux culs à l'air. Tous les deux rouges. »

Nous ne pouvions toujours pas y croire. « Je veux bien être pendu », a dit Paul. « Moi aussi », ai-je dit en écho.

Qui n'a jamais vu deux culs écarlates sur un banc de sable au milieu d'une rivière n'a jamais vu un cul dans toute sa splendeur. Le reste du corps n'existe pratiquement plus. Il n'y a plus qu'un gros cul rouge vif qui ne va pas tarder à se couvrir de cloques. En guise de tête, on aperçoit des cheveux et, à l'autre bout, en guise de jambes, des pieds. D'ici le soir, tout ça tremblera de fièvre.

C'est du moins comme ça que j'ai vu les choses sur le moment. Mais aujourd'hui, quand je revois la scène avec le sentimentalisme de la mémoire, elle s'inscrit dans un monde pastoral où l'on pouvait se déshabiller, baiser une fille au milieu de la rivière, puis rouler sur le ventre et faire un somme pendant deux heures.

Aujourd'hui, si vous faisiez un truc de ce genre sur la Blackfoot River, la moitié de la population de Great Falls serait plantée sur la berge à attendre que vous soyez endormi pour vous piquer vos affaires. Peut-être même sans attendre.

« Hohé ! » a hurlé Paul en mettant ses mains en cornet. Puis il a sifflé avec ses deux index.

« Tu crois qu'ils sont O.K. ? » m'a-t-il demandé. « Toi qui as travaillé au soleil, l'été, pour les Eaux et Forêts. »

« Écoute », lui ai-je répondu, « je n'ai jamais vu personne mourir d'un coup de soleil, mais je te garantis qu'ils ne mettront pas de sous-vêtements qui grattent pendant une bonne quinzaine de jours ».

« Ramenons-les à la voiture », a-t-il dit. Nous avons posé nos paniers par terre et nos cannes à pêche debout contre un tronc d'arbre pour qu'on les voie et que personne ne marche dessus.

Un peu avant d'arriver au banc de sable, Paul s'est arrêté et m'a barré le chemin de son bras. « Une minute », m'a-t-il dit. « Je veux d'abord jeter un bon coup d'œil, parce que ça vaut la peine de s'en souvenir. »

Nous sommes donc restés sans bouger une minute, à graver la scène sur les tablettes de notre mémoire. C'était une gravure en couleurs. Au premier plan, une boîte de café rouge des Hills Brothers, puis la chair attendrie, rouge, de quatre plantes des pieds avec les orteils pointés vers le bas, deux culs rouges qui rissolaient au soleil, enfin, à l'arrière-plan, une pile de vêtements couronnée par la petite culotte rouge de la fille. Sur le côté, quasi incandescente, la bouteille presque vide de 3-7-77. Par contre, pas l'ombre d'une canne à pêche ou d'un panier.

« Je lui souhaite d'attraper une bonne chtouille, voilà ce que je lui souhaite », a dit Paul.

Il ne m'est plus jamais arrivé, par la suite, de jeter ma ligne dans ce bassin, devenu pour moi une sorte de réserve naturelle pour les espèces en voie de disparition.

Nous nous sommes avancés avec précaution jusqu'au banc de sable, sans éclabousser, ayant peur de les réveiller. Je crois que nous nous disions : « Quand ils vont se réveiller, ils vont se mettre à peler ». Et je me rappelle ce que je me disais aussi. J'avais travaillé plusieurs étés au pays des serpents à sonnettes, à la fin du mois d'août, et je me disais, quand ils vont se réveiller et se rendre compte de la chaleur qu'il fait, ils vont muer, ils vont être aveugles les premiers temps et attaquer tout ce qu'ils entendront. Je me rappelle que je me disais : ils vont être drôlement dangereux, quand ils vont se réveiller. Alors j'ai commencé par tourner autour d'eux avec circonspection, en faisant bien attention de rester hors de leur portée.

En nous rapprochant d'eux, nous leur avons découvert des caractéristiques anatomiques qu'on ne voyait pas de la rive. Il leur a poussé des jambes entre le cul et les pieds, et, entre le cul et les cheveux, un dos et un cou, surtout un cou. Le cou était rouge jusqu'à la naissance des cheveux. Il était difficile de savoir s'ils avaient les cheveux qui frisaient naturellement ou si c'est le soleil qui les avait crêpelés. Chaque cheveu était distinct des autres, comme si on les avait enroulés un à un autour d'un fer à friser brûlant.

Paul était allé vérifier ce qui restait de la bouteille de 3-7-77 et, pendant ce temps-là, j'étudiais leur anatomie. À la racine de chaque cheveu, il y avait une petite boursouflure, mais ce n'est pas ça qui m'a frappé le plus. J'ai reculé pour en parler à Paul, mais j'étais si absorbé par le spectacle que j'ai fini par me heurter à lui.

« Elle a un tatouage sur le cul », ai-je dit.

« Sans blague », a-t-il dit.

Il a décrit un demi-cercle autour d'elle, comme un chasseur qui se met sous le vent d'un gros gibier avant de s'en approcher. Puis il a pivoté sur ses talons et a parcouru l'autre demi-cercle à reculons, jusqu'à son point de départ.

« C'est quoi, les initiales de ses cow-boys ? », m'a-t-il demandé.

« B.I. et B.L. », ai-je répondu.

« Alors ça ne colle pas », a-t-il dit, « parce que sur une fesse, ça dit LO, et sur l'autre fesse, VE ».

« LO et VE, ça fait LOVE », lui ai-je dit, « avec une raie entre les deux ».

« Ça par exemple », a-t-il dit, et il est reparti, toujours en arc de cercle, pour aller étudier la situation sous un jour nouveau.

Elle s'est levée d'un bond, raide comme un piquet. Elle était bleu-blanc-rouge. Blanc, c'était le ventre, qui était resté allongé sur le sable. Le reste du drapeau, c'était le dos, qui était rouge jusqu'à la racine des cheveux, et le tatouage qui se détachait en bleu-noir. Il ne restait plus qu'à la faire pivoter sur place en entonnant l'hymne national.

Elle a jeté autour d'elle des regards de bête inquiète, pour se repérer, puis elle a foncé sur le tas de vêtements et elle a enfilé sa petite culotte rouge. Une fois qu'elle a été assurée qu'on ne pouvait plus reluquer gratis la partie de son anatomie qui lui servait de gagne-pain, elle s'est calmée. Elle n'a pas continué à s'habiller, mais elle est revenue vers nous, sans se presser, elle a jeté sur moi un bref coup d'œil et elle a dit : « Ah tiens ». Puis elle nous a regardés tous les deux et elle a lancé : « Qu'est-ce qui vous amène ? » Elle était prête à jouer les hôtesses.

« On est venus chercher Neal », ai-je répondu.

Elle a paru déçue. « Ah », a-t-elle dit, « vous voulez dire Jules ? »

« Je veux dire lui », ai-je dit, et quand je l'ai montré du doigt, Neal a poussé un petit grognement. Je crois qu'il n'avait pas envie de se réveiller pour affronter à la fois son coup de soleil et sa gueule de bois. Il a encore grogné un petit coup et il s'est renfoncé encore un peu plus dans le sable. Le ventre blanc de Peau-de-Chien était couvert de sable et on voyait les plis qu'avait faits la peau quand elle était couchée à plat ventre. Un peu de sable lui coulait du nombril.

« Habille-toi et aide-nous », a dit Paul. Elle a pris l'air indigné. Elle a dit : « Je peux m'occuper de lui toute seule ». « Regarde le résultat », a dit Paul.

Elle a répété : « C'est mon Jules. Je peux m'en occuper toute seule. Le soleil ne me dérange pas ». Elle disait sans doute juste. C'est sous le soleil et au soleil que la pute du pêcheur gagne son fric.

« Habille-toi ou je te botte les fesses », a dit Paul. Elle et moi nous savions bien qu'il n'hésiterait pas à le faire.

Paul est allé jusqu'au tas de vêtements et il a commencé à trier ceux de Neal d'avec ceux de Peau-de-Chien. Les vêtements étaient empilés dans l'ordre où ils avaient été enlevés. C'est comme ça que sa petite culotte rouge était sur le dessus et sa ceinture tout en dessous.

J'ai dit à Paul : « C'est très gentil, mais on ne peut pas lui enfiler ses vêtements. Il ne supportera pas le contact ».

« Eh bien on le ramènera tout nu », a dit Paul.

Quand Neal a entendu le mot « ramènera », il s'est redressé si brusquement que le sable s'est mis à couler en ruisselets sur sa peau.

« Je ne veux pas qu'on me ramène à la maison », a-t-il dit.

« Et où veux-tu aller, Neal ? », ai-je demandé. « Je n'en sais rien », a-t-il dit, « mais je ne veux pas rentrer à la maison ».

« À la maison », lui ai-je dit, « il y a trois femmes qui sauront s'occuper de toi ».

« Je ne veux pas voir trois femmes », a-t-il dit, et le sable s'est remis à couler.

Peau-de-Chien a pris ses vêtements sous le bras. Je me suis penché, j'ai ramassé ceux de Neal par terre et je les lui ai fourrés sous son bras à lui. « Tiens », lui ai-je dit en le prenant par l'autre bras. « Je vais t'aider à marcher jusqu'à la rive. »

Il s'est dégagé avec une grimace de douleur. « Ne me touche pas », m'a-t-il dit. Et à Peau-de-Chien : « Porte-moi mes affaires. Moi ça me fait mal ».

« Tiens, prends-les, toi », m'a-t-elle dit. Ce que je fis. C'est elle qui a pris Neal par le bras et qui l'a ramené jusqu'à la rive. À peu près à mi-chemin, elle s'est retournée vers moi et m'a jeté : « C'est mon Jules ». C'était une dure, cette femme. Et costaud, avec ça. Traverser la Blackfoot à pied, ça n'est pas évident. La rivière est large, avec de forts courants. Sans la force qu'elle avait, elle, dans les jambes, Neal n'y serait jamais arrivé.

À un moment, Paul a fait demi-tour et il est retourné chercher ce qui restait de la bouteille de 3-7-77. Une fois que Peau-de-Chien a eu amené Neal à bon port, elle l'a laissé se débrouiller sur les cailloux où il avançait précautionneusement ses pieds douloureux, et elle est retournée au banc de sable. Elle aussi avait mal à la plante des pieds, mais elle a refait tout le chemin pour aller chercher la boîte de café des Hills Brothers.

Je suis allé l'accueillir à son retour. « Qu'est-ce qu'elle a de spécial, cette boîte de café ? », lui ai-je demandé.

« Je n'en sais rien », m'a-t-elle dit, « mais je sais que Jules aime bien l'avoir toujours près de lui ».

101

Il y avait à l'arrière de la voiture une couverture légère qu'on étalait par terre quand on allait faire un pique-nique. Des aiguilles de pin y étaient restées attachées. Nous avons installé Neal et Peau-de-Chien sur le siège arrière et nous les avons recouverts de la couverture légère, pour plusieurs raisons. D'abord pour leur éviter de continuer à cuire à cause du vent. Ensuite aussi, sans doute, pour éviter de nous faire arrêter par la police pour attentat à la pudeur. Mais à peine la couverture avait-elle frôlé leurs épaules qu'ils se sont tortillés dans tous les sens jusqu'à ce qu'ils s'en soient débarrassés. Nous avons donc fait la route pour Wolf Creek entièrement exposés aux éléments d'une part et aux rigueurs de la police de l'autre.

Neal restait affalé sur la banquette arrière et, de temps en temps, il grommelait : « Je ne veux pas voir trois femmes ». Chaque fois qu'il disait ça, Peau-de-Chien se redressait et lui disait : « Ne te fais pas de bile. Je suis là. Je vais m'occuper de toi ». C'est moi qui conduisais. Chaque fois que Neal ouvrait la bouche, mes mains se crispaient sur le volant. Moi non plus, je ne voulais pas voir trois femmes.

Nous nous sommes à peine parlé, Paul et moi, pendant presque toute la durée du trajet, et nous n'adressions pas non plus la parole aux autres. Nous les laissions tous les deux, l'un grommeler sous son aisselle, et l'autre se redresser brusquement, puis s'affaler à nouveau au milieu du tas de vêtements. Mais quand nous nous sommes approchés de Wolf Creek, j'ai senti que Paul s'apprêtait à modifier les règles du jeu. Il a un peu changé de position de façon à pouvoir atteindre la banquette arrière. Une fois de plus s'est élevé le grommellement : « Je ne veux pas rentrer à la maison ». Paul a allongé le bras, et il a saisi le bras qui allait avec l'aisselle. Il a tiré dessus, obligeant Neal à s'asseoir droit. Le bras est devenu blanc sous les coups de soleil. « Tu es presque arrivé chez toi », a dit Paul. « Il n'y a pas d'autre endroit où tu puisses aller. » À partir de ce moment-là, il n'y a plus eu de grommellements. Mais Paul ne lâchait toujours pas le bras.

La putain de Neal n'avait pas désarmé. Paul et elle se sont lancés dans une grande dispute. Paul avait l'habitude des femmes comme elle, et elle, elle avait l'habitude des disputes. La question était de savoir si on allait la larguer dès qu'on arriverait en ville, ou si on la garderait avec nous pour qu'elle puisse s'occuper de Jules. En gros, les propos échangés, c'était : « Je te dis que je m'en occupe, et merde », et : « Je te dis que non, et merde ». Paul m'a dit – et ça faisait partie de la dispute – : « Quand tu arriveras en ville, arrête-toi au dancing Le Cabanon ».

Le dancing Le Cabanon était la première maison à l'entrée de la ville. C'était l'endroit rêvé pour les bagarres et il y en avait souvent, surtout le samedi soir – chaque fois qu'un type de Wolf Creek complètement bourré, qui était là sur son territoire, voulait danser avec la petite amie d'un type venu de Dearborn tout aussi bourré.

Il était difficile de prédire, d'après l'escalade des gros mots, qui allait finir par avoir le dessus. Mais voyant qu'on approchait de la ville, Peau-de-Chien s'était mise à piocher dans le tas de vêtements et à se rhabiller par petits bouts. Juste avant d'arriver au Cabanon, il y a un tournant. Quand elle a vu le tournant, Peau-de-Chien s'est rendu compte qu'elle n'aurait pas le temps de finir de se rhabiller, alors elle a farfouillé en vitesse dans le tas pour reprendre tout ce qui était à elle.

Au moment précis où j'arrêtais la voiture, elle a plongé une dernière fois dans le tas, elle a ouvert la portière et elle a sauté de la voiture. Elle n'était pas du même côté que Paul, elle devait se dire que ça lui donnait suffisamment d'avance. Elle a laissé la portière battante et elle a serré ses vêtements dans ses bras. Sur le dessus de la pile qu'elle tenait, il y avait le caleçon de Neal qu'elle avait pris soit par mégarde soit comme souvenir, comme quelqu'un qui fait un nœud supplémentaire à un paquet pour être sûr qu'il ne s'ouvrira pas en route.

Puis elle a dit à mon frère : « Ordure, va ».

Paul a sauté de la voiture comme si la carrosserie venait de s'écrouler sur lui, et il s'est lancé à sa poursuite.

Je crois comprendre ce qu'il ressentait. Même s'il ne la portait pas dans son cœur, on ne peut pas dire qu'il haïssait vraiment Peau-de-Chien. Celui qu'il haïssait, c'était ce salaud qui était sur le siège arrière, sans son calcif. Ce salaud qui était venu nous gâcher nos journées de pêche. Ce salaud de pêcheur à l'asticot. Ce salaud de pêcheur à l'asticot qui avait enfreint les règles sacro-saintes que notre père nous avait inculquées en amenant sa pute avec lui et une boîte pleine de vers, mais pas de canne à pêche. Ce salaud de pêcheur à l'asticot qui avait baisé sa pute au milieu de notre rivière familiale. Et après avoir éclusé toute notre bière, en plus. Ce salaud à l'arrière de la voiture qui était intouchable à cause de trois inébranlables Écossaises.

Peau-de-Chien était pieds nus pour courir et elle s'évertuait à ne pas perdre en route le reste de ses vêtements et le caleçon de Neal, ce qui fait qu'en moins de dix enjambées, Paul l'avait rattrapée. Sans s'arrêter de courir, il lui a décoché un coup de pied à l'endroit précis, je crois bien, où LO et VE se rejoignaient. Pendant plusieurs secondes, ses deux pieds à elle ont paru traîner dans son sillage sans toucher le sol. Cela devait rester pour moi une de ces images qui se fixent une fois pour toutes dans la mémoire.

Dès que j'ai pu bouger, j'ai jeté deux brefs coups d'œil à mon beau-frère et j'ai compté mentalement jusqu'à quatre. Quatre comme les quatre femmes qui se tenaient prêtes à assurer sa protection, une au milieu de la rue et les trois autres dans une maison un peu plus bas.

Et alors j'ai été pris d'une sorte de rage, de l'envie irrépressible de botter les fesses à une femme. À ma connaissance, c'est la première fois que ça m'arrivait, mais là, c'était plus fort que moi. J'ai sauté de la voiture, j'ai rattrapé Peau-de-Chien. Mais elle, elle connaissait la chanson, ce qui fait que j'ai complètement raté mon coup. N'empêche, j'étais content d'avoir essayé.

Paul et moi, on restait là à la regarder enfiler toute la grand-rue à fond de train. Elle n'avait pas le choix. Elle habitait à l'autre bout de la ville, et la ville n'est qu'un long goulet encaissé au fond d'un ravin. Une fois près du but, elle s'est retournée plusieurs fois vers nous, et ce que nous ne l'entendions pas crier n'avait rien d'agréable, croyez-moi. Chaque fois qu'elle se retournait, nous faisions mine de repartir à sa poursuite, et elle se rapprochait du but de quelques pas. Elle a fini par disparaître, elle et sa pile de vêtements. Ne nous restait que la banquette arrière. « La seule chose à faire, c'est de le ramener chez vous », a dit Paul. Et pendant que nous retournions à la voiture, il a ajouté : « Tu vas te faire sonner les cloches ». « Je sais, je sais », ai-je dit. Mais je ne savais rien du tout, en fait. Je ne savais pas à quoi ça ressemble, une Écossaise qui s'efforce de garder la tête haute quand elle est atteinte dans son amour-propre. Eh bien, maintenant je le sais : ça a fière allure.

Neal lui-même a essayé de se ressaisir et de mettre un peu d'ordre dans sa tenue avant que les femmes le voient. Il a mis ses vêtements en tas à côté de la voiture et, ne trouvant pas son caleçon, il s'est mis en devoir d'enfiler directement son pantalon, mais il n'arrêtait pas de trébucher. Il tenait le pantalon devant lui, il essayait de viser juste, mais rien à faire, il lui courait après sans arriver à le rattraper.

105

Quand nous l'avons rejoint, il était à bout de souffle et, pendant que nous lui enfilions son froc, il haletait tant qu'il pouvait. Ses pieds enflés n'entraient pas dans ses chaussures. Nous lui avons posé sa chemise sur les épaules, avec les pans qui flottaient. Quand nous sommes entrés avec lui dans la maison, on aurait dit que nous ramenions une épave rejetée par la mer.

Florence est sortie de la cuisine et, quand elle a vu ce que nous ramenions, son premier geste a été de s'essuyer les mains sur son torchon.

« Qu'est-ce que vous avez fait à mon Neal ? » a-t-elle demandé aux deux frères qui le soutenaient.

Quand elle a entendu sa mère, Jessie est, elle aussi, sortie de la cuisine. Quelles que soient les circonstances, elle était imposante, avec sa grande taille et sa chevelure rousse, mais là, en plus, j'étais tout tassé en face d'elle, à servir de contrefort pour empêcher son frère de tomber.

« Salaud, va », a-t-elle dit à mon adresse. Le salaud que je soutenais pesait au moins une tonne.

« Mais non », a dit Paul.

« Pousse-toi de là », ai-je dit à Jessie. Il faut qu'on le mette au lit.

« Il a attrapé des sacrés coups de soleil », a dit Paul.

Les femmes qui m'ont entouré enfant n'étaient pas du genre à perdre du temps en conciliabules quand il y avait à faire face à une urgence, surtout d'ordre médical. La plupart des gens ont un mouvement de recul purement instinctif devant quelqu'un qui souffre visiblement, ou qui est blessé, mais les femmes de ma famille étaient comme galvanisées par tout ce qui était médical.

« Déshabillons-le », a dit Florence, reculant jusqu'à la porte de la chambre et la tenant ouverte.

« Je vais aller chercher Dottie », a dit Jessie. Dottie était l'infirmière diplômée d'État.

Neal ne voulait pas se laisser déshabiller par sa mère, et sa mère nous trouvait maladroits et faisait son possible pour nous écarter. Avant que la situation ne tourne au drame, Jessie est revenue avec Dottie. Ça m'étonnait qu'une infirmière puisse se mettre quasi instantanément en uniforme mais, quand elle est entrée, j'ai entendu distinctement le crissement de la toile blanche amidonnée. Quand Neal a entendu, lui aussi, l'amidon crisser, il a cessé de se tortiller. Dorothy était petite et robuste, quant à Jessie et à sa mère, elles étaient grandes et maigres, mais tout aussi vigoureuses. Paul et moi, nous étions là, près du lit, à nous demander pourquoi nous n'avions pas été fichus d'enlever à un type un malheureux pantalon et une chemise. En deux temps trois mouvements, Neal n'était plus qu'une carcasse écarlate posée sur un drap blanc.

Et en deux temps trois mouvements, Paul et moi, nous qui avions le monde entre nos mains quand nous tenions notre canne à pêche pesant un peu moins de cent trente grammes, voilà que nous étions ravalés au rang d'un peu moins que des garçons de salle. On nous ignorait, estimant sans doute que nous étions incapables de faire chauffer de l'eau, de trouver un pansement, ou de l'amener si par chance nous l'avions trouvé.

La première fois que Jessie est passée devant moi, elle en a profité pour me dire : « Pousse-toi de là ». Je savais bien que ça ne lui avait pas plu, quand c'est moi qui l'avais dit.

Notre mouvement instinctif, à Paul et à moi, fut de faire retraite vers la porte, mais Paul fut plus rapide que moi et il put filer chez Black Jack boire un coup, ce dont j'aurais eu fichtrement besoin moi aussi. Mais moi, avant de pouvoir refermer la porte derrière moi, je dus affronter les trois femmes.

Dès que Florence avait vu son fils dans cet état, elle avait plus ou moins compris de quoi il retournait. Chez les Écossaises, tout de suite après les raisons d'ordre médical viennent les raisons d'ordre moral. Elle a encore jeté un coup d'œil pour vérifier que Dorothy avait les choses en main et elle m'a fait venir près d'elle.

Elle était là devant moi, aussi raide que si elle avait posé pour le photographe écossais du XIXe siècle, David Octavius Hill. On aurait pu croire qu'une perche invisible, derrière sa nuque, empêchait sa tête de bouger pendant le temps de pose. « Dis-moi », m'a-t-elle dit, « comment se fait-il qu'il ait pris un coup de soleil de la tête aux pieds ? »

Je ne voulais pas lui dire, mais je ne voulais pas non plus lui raconter des histoires, puisque de toute façon elle ne m'aurait pas cru. Je savais depuis longtemps, hélas, que la piété écossaise s'accompagne d'une connaissance infaillible et prophétique du péché. C'est pour cela qu'on dit « péché originel », il n'y a pas besoin de le commettre pour savoir le reconnaître.

J'ai répondu : « Il n'avait pas envie de venir pêcher avec nous et, quand on est revenus, il dormait à plat ventre sur le sable ».

Elle savait que je n'allais rien dire de plus. Finalement, le photographe du XIXe siècle a libéré son cou. « Je t'aime, tu sais », m'a-t-elle dit. Et j'ai bien compris qu'elle ne trouvait rien d'autre à me dire. Mais je savais aussi qu'elle le pensait. « Tu pourrais peut-être aller faire un tour », a-t-elle ajouté.

« Attends », m'a dit Dorothy, et elle s'est fait remplacer par Florence. Dorothy et moi, nous étions les seules pièces rapportées de cette famille, et nous nous disions souvent que nous avions intérêt à nous serrer les coudes, sinon, gare à nous. « Ne t'en fais pas pour lui », m'a-t-elle dit. « Brûlures au second degré. Des cloques. La peau qui pèle. De la fièvre. Une quinzaine de jours. Ne t'en fais pas pour lui. Ne t'en fais pas pour nous. Nous les femmes, on s'en charge ».

« En fait », a-t-elle dit, « Paul et toi vous n'êtes pas du

tout obligés de rester. On a Ken qui sait tout faire et, après tout, c'est son frère ».

« Ce serait même plutôt mieux que vous ne restiez pas dans nos jambes », a-t-elle ajouté. « Vous seriez là les bras ballants à regarder et, pour le moment, personne ici n'a envie de se donner en spectacle. »

Elle était petite mais elle avait de grandes mains. Elle a pris l'une des miennes dans l'une des siennes, et elle l'a serrée. Je croyais que c'était sa façon de me dire au revoir et je tournais déjà les talons quand elle m'a retenu et m'a donné un rapide baiser. Puis elle est retournée à son poste.

On aurait dit que les femmes s'étaient donné le mot pour établir une sorte de navette : il y en avait toujours deux qui s'occupaient de Neal et une qui s'occupait de moi. « Attends », m'a dit Jessie, avant que j'aie refermé la porte sur moi.

Un homme se trouve en position de faiblesse quand il parle à une femme qui est aussi grande que lui, et je luttais depuis longtemps pour tâcher de surmonter ce handicap.

« Tu ne l'aimes pas, hein ? » m'a-t-elle dit.

« Écoute-moi, s'il te plaît », ai-je dit, « est-ce que je ne peux pas t'aimer sans le trouver forcément sympathique, lui ? »

Elle me regardait sans rien dire, si bien que je continuais à parler, et à en dire plus que je n'aurais voulu. Je lui disais des choses qu'elle savait déjà, mais peut-être aussi une chose qu'elle voulait m'entendre redire. « Écoute, Jessie », ai-je dit, « tu sais bien que je ne sais pas jouer au plus fin. Je n'aime pas ton frère et ça n'est pas maintenant que ça va changer. Mais toi, je t'aime. Simplement, arrête de me forcer à des choix impossibles. Jessie, ne laisse pas Neal... » Je me suis arrêté net, m'apercevant que je m'emberlificotais.

« Ne laisse pas Neal quoi ? », a-t-elle demandé. « Qu'est-ce que tu allais dire ? »

« Je ne me rappelle pas », ai-je répondu. « Sauf que j'ai l'impression d'avoir perdu le contact avec toi. »

« J'essaie d'aider quelqu'un », a-t-elle dit, « quelqu'un de ma famille. Tu ne comprends pas ça ? »

« Je devrais », ai-je dit.

« Et je n'y arrive pas », a-t-elle dit.

« Je devrais comprendre ça aussi », ai-je dit.

« On ne peut pas se parler plus longtemps », a-t-elle dit. « Vous devriez retourner à la Blackfoot, Paul et toi, finir de pêcher. Vous ne servez à rien ici. Mais jure-moi une chose : de ne jamais perdre le contact avec moi. »

Bien qu'elle ait dit qu'on ne pouvait pas se parler plus longtemps, elle n'a reculé que d'un pas. « Juste une question », a-t-elle dit. « Pourquoi Neal a-t-il pris un coup de soleil de la tête aux pieds ? » Pour ce qui est de poser des questions, les filles écossaises sont leur mère tout craché.

Je lui ai redit ce que j'avais dit à sa mère et elle m'a écouté avec exactement la même expression que sa mère.

« Encore une question », a-t-elle dit. « Juste avant de ramener Neal à la maison, est-ce que tu as vu par hasard la putain traverser la ville en courant avec des vêtements plein les bras ? »

« De loin », ai-je dit.

« Dis-moi », a-t-elle demandé, « si mon frère revient l'été prochain, est-ce que tu essaieras de m'aider à l'aider ? »

Ma réponse a mis longtemps à venir, mais elle est venue. « J'essaierai », ai-je dit.

Alors elle a dit : « Il ne reviendra pas ». Et elle a ajouté : « À ton avis, comment se fait-il que les gens qui réclament tout le temps qu'on les aide aillent plutôt mieux quand on ne les aide pas ? Ou en tout cas, pas plus mal. Oui c'est ça, pas plus mal. Ils prennent toute l'aide qu'on leur donne et ils se retrouvent au même point qu'avant ».

« À part les coups de soleil », ai-je dit.

« Ça, ça ne compte pas », a-t-elle dit.

« Dis-moi », ai-je dit, « si ton frère revient l'été prochain, on essaiera tous les deux de l'aider ? »

« S'il revient », a-t-elle acquiescé. Je crus voir des larmes dans ses yeux, mais je me trompais. De ma vie entière, je ne la vis jamais pleurer. Et son frère ne remit jamais les pieds dans le Montana.

D'une traite, nous avons dit tous les deux en même temps : « Jurons-nous de ne jamais perdre le contact ». Et nous avons tenu parole, même si la mort de Jessie est venue nous séparer.

Elle m'a dit : « Pousse-toi de là », seulement cette fois-ci, c'était en souriant. Avant qu'elle ait tout à fait refermé la porte, nous nous sommes embrassés. D'un œil, j'essayais de voir ce qui se passait derrière elle. Les femmes avaient graissé Neal de la tête aux pieds comme un épi de maïs qu'on met à griller. Elles avaient rassemblé assez de pansements pour l'emmaillotter comme une momie égyptienne.

Je suis allé rejoindre Paul au Black Jack's Bar. Nous avons bu un verre ensemble, puis un autre. Il a insisté pour payer les deux tournées et pour qu'on retourne à la Blackfoot River le soir même. « J'ai pris deux jours de congé », a-t-il dit, « alors il me reste encore demain ». Puis il a insisté pour qu'on passe par Missoula et qu'on aille dormir chez nos parents. « Peut-être », a-t-il dit, « que nous arriverons à convaincre le paternel de venir pêcher avec nous demain ». Puis il a insisté pour prendre le volant.

Nos rôles habituels étaient inversés, et c'était moi le frère qu'on emmène pêcher pour le faire profiter des vertus curatives de l'eau fraîche. Il savait que pour Neal, c'était moi qui portais le chapeau, et il se disait peut-être que mon mariage en prenait un vieux coup. Il avait entendu Jessie me traiter de salaud, et il n'était plus là pour nous entendre échanger, les trois femmes et moi, de solennelles déclarations d'amour

– solennelles, si l'on tient compte de la réserve des Écossais en la matière. En fait, j'étais tout réchauffé par l'amour familial, ce qui explique sans doute que plusieurs fois je me sois mis à rire sans raison, mais Paul pouvait se dire que je faisais le brave dans l'adversité. En tout cas, il se montrait avec moi aussi gentil et prévenant que je l'étais d'habitude avec lui.

Pendant le trajet il a déclaré : « Maman sera contente de nous voir, mais ça la panique qu'on débarque sans avoir prévenu. Arrêtons-nous à Lincoln pour lui passer un coup de fil ».

« Appelle-la, toi », ai-je dit. « Elle adore que tu l'appelles. » « D'accord », a-t-il dit, « mais c'est toi qui demanderas au paternel de venir pêcher avec nous ».

C'est ainsi qu'il organisa ce qui devait s'avérer notre dernière journée de pêche ensemble. Il avait pensé à chacun d'entre nous.

Malgré notre coup de téléphone, notre mère était un peu affolée par notre arrivée. Elle voulait tout faire à la fois, s'essuyer les mains sur son tablier, serrer Paul dans ses bras, et rire. Notre père restait un peu en retrait et il se contentait de rire. Moi, j'étais toujours euphorique et je me tenais également un peu en retrait. Chaque fois que nous nous retrouvions en famille, c'est toujours maman et Paul qui étaient le centre d'attraction. Pendant qu'il la serrait dans ses bras, il se rejetait un peu en arrière en riant, mais elle, une fois dans ses bras, était trop émue pour arriver à rire.

Nous n'étions arrivés à Missoula qu'en fin de journée. Nous avions fait bien attention à ne pas manger en route, malgré le fait qu'il y a un bon restaurant à Lincoln, parce que nous savions que si nous dînions là, il faudrait recommencer une fois arrivés. Au début du dîner, maman se montra particulièrement gentille avec moi, parce que jusque-là elle ne m'avait guère prêté attention ; mais bientôt elle revint avec des petits pains tout frais et elle en beurra un pour Paul.

« Tiens, c'est la gelée de merises que tu aimes », dit-elle, en lui passant le pot. Sa spécialité, comme cuisinière, c'était les confitures de baies sauvages et le gibier à plumes, et elle avait toujours en réserve un pot de gelée de merises pour Paul. À un moment donné, elle avait oublié que c'était moi qui aimais la gelée de merises, mais ce n'était pas grave, aucun de nous ne lui en voulait pour ça.

Mon père et ma mère étaient tous les deux à la retraite, et ils n'aimaient ni l'un ni l'autre se sentir « en dehors du coup », surtout ma mère qui était plus jeune que mon père et qui avait l'habitude de « s'occuper du temple ». Parce qu'il était reporter, Paul représentait leur principal contact avec le monde extérieur, ce monde qui peu à peu s'éloignait d'eux et qu'ils n'avaient jamais tellement bien connu de toute façon. Il fallait toujours qu'il leur raconte toutes sortes d'anecdotes, même s'il y en avait parmi elles qu'ils accueillaient d'un air réprobateur. Nous restâmes un long moment assis à table. Au moment où nous sortions de table, je dis à mon père : « Ça nous ferait plaisir si tu voulais bien venir pêcher avec nous demain ».

« Ah bon », dit mon père qui se rassit, déplia sa serviette d'un geste automatique, et demanda : « Tu es sûr, Paul, que tu veux que je vienne ? Je ne peux plus pêcher dans les grands plans d'eau, tu sais, je ne peux plus marcher dans l'eau ».

« Bien sûr que je veux que tu viennes », dit Paul. « Quand tu seras sur place, tu verras que tu as toujours la main. »

Pour mon père, le premier commandement, c'était de faire tout ce que ses fils lui demandaient, surtout s'il s'agissait d'aller pêcher. Le pasteur prit le même air que si ses paroissiens lui avaient demandé de venir refaire pour eux son sermon d'adieu.

L'heure à laquelle les parents se couchaient était déjà

dépassée, et Paul et moi avions eu une longue journée, je me dis donc que j'allais donner un coup de main à ma mère pour la vaisselle et que tout le monde irait se coucher. Mais je me doutais bien que les choses n'allaient pas être aussi simples, et ils le savaient eux aussi. Après avoir attendu le minimum requis, Paul s'étira un grand coup et déclara : « Je crois que je vais aller faire un tour en ville, voir les vieux copains. Je rentrerai tôt, mais ne m'attendez pas ».

J'aidai ma mère à faire la vaisselle. Un seul de nous était parti mais toutes les voix s'étaient tues. Paul était resté assez longtemps après le dîner pour qu'on puisse croire qu'il serait heureux de passer une soirée à la maison. Chacun de nous connaissait certains de ses amis, et nous connaissions tous son meilleur copain, un grand type à l'air ouvert qui était très gentil avec nous, surtout avec maman. Il sortait tout juste de prison. Pour la deuxième fois.

Entre le moment où elle resta à fixer du regard les portes fermées et le moment où elle monta se coucher, ma mère ne prononça que deux mots : « Bonne nuit ». Elle était presque déjà tout en haut de l'escalier et elle le dit par-dessus son épaule à la fois à mon père et à moi.

Je n'ai jamais su ce que mon père savait sur mon frère, exactement. Je me disais en gros qu'il devait savoir pas mal de choses, parce que dans une paroisse il y a toujours un certain nombre de bonnes âmes qui croient de leur devoir de tenir le pasteur au courant des faits et gestes de ses enfants. Quelquefois, mon père commençait à me parler de Paul comme s'il entamait un sujet inédit, mais il refermait très vite le couvercle avant que le sujet ait pu se répandre.

« On t'a raconté la dernière sur Paul ? », me demanda-t-il.

« Je ne sais pas ce que tu veux dire », répondis-je. « J'entends souvent parler de Paul, on me dit en particulier que c'est un excellent reporter et un excellent pêcheur ».

114

« Non, non », dit mon père. « Est-ce qu'on t'a parlé de ce qu'il fait à part ça ? »

Je secouai la tête.

À ce moment-là, je crois qu'il y regarda à deux fois, et il fit dévier le fil de son discours. « Est-ce qu'on t'a dit », me demanda-t-il, « qu'il a changé l'orthographe de notre nom, il a transformé Maclean en MacLean, avec un L majuscule. »

« Oh oui », dis-je, « je suis au courant. Il m'a raconté qu'il en avait assez de voir tout le monde épeler son nom de travers. Même sur son chèque de fin de mois, ils mettaient un L majuscule, alors il a finalement décidé d'écrire son nom comme tout le monde ».

Mon père secoua la tête en entendant cette explication : vraie ou non, là n'était pas la question. Il grommela dans sa barbe, autant pour lui que pour moi : « C'est affreux d'écrire notre nom avec un L majuscule. Les gens vont croire que nous venons des Basses-Terres d'Écosse, et pas des Iles ».

Il alla jusqu'à la porte, regarda dehors, et quand il revint, il ne me posa aucune question. Il cherchait à me dire quelque chose. Il parlait dans l'abstrait, mais c'est ce qu'il avait fait toute sa vie, laissant à ses fidèles le soin d'appliquer ce qu'il leur disait aux circonstances particulières de leur vie.

« Tu es trop jeune pour aider quelqu'un et je suis trop vieux », dit-il. « Quand je dis aider, je ne veux pas dire une simple gentillesse comme de servir de la gelée de merises ou donner de l'argent. »

« Aider », continua-t-il, « c'est donner une partie de soi-même à quelqu'un qui est prêt à accepter ce don et qui en a terriblement besoin ».

« Et c'est ainsi », poursuivit-il, utilisant une formule de transition habituelle à ses sermons, « qu'il est rare de pouvoir aider quelqu'un. Soit on ne sait pas quelle partie de soi donner, soit on n'a pas envie de la donner. Ou alors, souvent, ce dont quelqu'un aurait besoin, il ne veut pas qu'on le lui donne. Et plus souvent encore, cette partie de soi qu'il faudrait donner, eh bien, on ne l'a pas. C'est comme le magasin d'accessoires automobiles, en ville, quand tu leur demandes une pièce détachée, ils te répondent toujours : "Désolés, c'est justement la pièce qui nous manque" ».

Je dis à mon tour : « Tu exagères. Aider, ça peut être dans les petites choses ».

Et lui : « Tu crois que ta mère aide Paul en lui beurrant ses petits pains ? »

« Peut-être bien », dis-je. « Et même, au fond, sûrement. »

« Et toi, tu crois que tu l'aides ? », me demanda-t-il.

« J'essaie », dis-je. « Mon problème, c'est que je ne le connais pas. En fait, un de mes problèmes, c'est que je ne sais même pas s'il a besoin qu'on l'aide. Je n'en sais rien, c'est ça mon problème. »

« J'aurais dû prendre ça comme thème de mon sermon », dit mon père. « Seigneur, nous sommes prêts à aider notre prochain, mais que faire quand notre prochain a vraiment besoin de quelque chose ? »

« Heureusement, je sais encore pêcher », dit-il. « Demain, on ira pêcher avec lui. »

Je restai longtemps allongé à attendre sans pouvoir m'endormir. Le reste de la maisonnée, je le sentais, était aussi occupé à attendre.

D'habitude, je me lève de bonne heure, afin d'observer le commandement que peu d'entre nous observent : se lever tôt pour profiter de ce don magnifique du Seigneur – la lumière du jour. Plusieurs fois j'entendis mon frère ouvrir ma porte, observer l'état de mon lit, puis refermer la porte. J'ouvris un œil en me rappelant que, quelles que soient les circonstances, il y avait deux choses pour lesquelles mon frère n'était jamais en retard : le travail et la pêche. Me réveillant pour de bon, je me rappelai que c'était aujourd'hui que mon frère avait décidé qu'il me prenait en main. L'idée qu'il était en train de me faire mon petit déjeuner me traversa l'esprit et, quand cette idée devint une certitude, je sautai de mon lit et m'habillai. Ils étaient déjà à table tous les trois à boire leur thé en m'attendant.

Comme si elle s'était réveillée pour se retrouver élue « Reine d'un jour », maman dit, émerveillée : « Paul nous a préparé le petit déjeuner ». Paul sourit, content, mais, pendant qu'il me servait, je le regardai de près et vis qu'il avait les yeux injectés de sang. Bah, un pêcheur ne se laisse pas arrêter par une simple gueule de bois, au bout de deux heures il n'y paraît plus, ne reste que la déshydratation, mais de toute manière, il va passer la journée dans l'eau...

N'empêche que ce matin-là, nous n'arrivions pas à prendre le départ. Quand Paul et moi avions quitté la maison, papa avait mis de côté son matériel de pêche, pensant probablement qu'il n'aurait plus l'occasion de s'en servir et, du coup, il n'arrivait pas à se rappeler où il l'avait mis. La plupart du temps, c'était maman qui retrouvait ses affaires. Elle ne connaissait rien à la pêche, rien au matériel de pêche, mais elle avait le don de retrouver les affaires perdues, même si elle ne savait pas à quoi elles ressemblaient.

Paul qui, d'habitude, énervait tout le monde par son impatience, n'arrêtait pas de dire à son père : « Prends ton temps. Il fait plus frais aujourd'hui. On va faire une pêche du tonnerre. Prends ton temps ». Mais mon père, de qui mon frère tenait cette impatience à mettre ses mouches sur l'eau, me regardait de l'air de quelqu'un qui ne se pardonne pas d'être vieux et de ne pas être fichu d'avoir la situation en main.

Pour chercher ce malheureux panier de pêche, ma mère dut aller de la cave au grenier et ouvrir tous les placards de la maison, tout en préparant le déjeuner de trois hommes qui voulaient chacun un sandwich différent. Une fois qu'elle nous eut installés dans la voiture, elle vérifia toutes les portières pour être bien sûre qu'aucun de ses hommes n'allait tomber en route. Alors, bien qu'elle n'ait pas les mains mouillées, elle se les essuya sur son tablier en disant : « Une bonne chose de faite », tandis que nous démarrions.

C'est moi qui étais au volant et, avant même de démarrer, je savais exactement où nous allions. Étant donné que nous partions tard, nous ne pouvions pas remonter trop loin, il fallait un endroit de la Blackfoot qui comporte deux ou trois bons bassins pour Paul et pour moi, plus un bassin facile d'accès pour Père, où la rive ne soit pas trop escarpée. En plus, comme il ne pouvait pas marcher dans l'eau, il fallait que le bon coin de pêche se trouve de son côté. Pendant que je conduisais, ils discutaient tous les deux de la question tout en sachant pertinemment où nous allions nous arrêter en fin de compte. Mais chacun de nous trois était intimement persuadé d'être la véritable autorité en matière de pêche dans la Blackfoot. Quand nous sommes arrivés à la petite route qui mène à la rivière un peu au-dessus de l'embouchure du Blemont Creek, ils ont dit comme un seul homme : « Tourne ici », et moi j'ai fait comme si j'obéissais à leurs directives et j'ai tourné là où j'avais le projet de tourner depuis le début.

La petite route nous a amenés à un plat couvert de gros rochers ronds et de folle avoine. L'avoine, non broutée, était haute, et les sauterelles s'en envolaient comme des oiseaux, prêtes à parcourir de grandes distances, car sur ce plateau il y a loin d'un lieu de ravitaillement à un autre, même pour les sauterelles. Le plateau lui-même et ses rochers sont les restes chaotiques d'un grand désastre géologique. C'est sans doute un ancien lac de la fin de l'ère glaciaire, moitié aussi grand que le lac Michigan. Ce lac atteignait par endroits une profondeur de six cents mètres et puis, un jour, le barrage glaciaire céda, et ce monstre puissant venu des montagnes se déversa brutalement jusqu'aux plaines de l'est de l'État de Washington. Tout en haut sur les montagnes, au-dessus de l'endroit où nous nous étions arrêtés pour pêcher, il y a des balafres horizontales qui gardent trace du passage des icebergs.

Il fallait que je fasse bien attention à ne pas faire passer les roues de la voiture de part et d'autre d'un rocher, ce qui aurait risqué de casser le carter. Le plateau s'arrêtait brusquement et la rivière plongeait à l'abrupt. On apercevait son scintillement argenté à travers les arbres, puis on la voyait se détacher, bleue, sur le fond rouge et vert de la falaise. C'était soudain un autre monde, un monde tout entier composé de rochers. Les galets ronds du plateau remontaient tout juste à l'ère glaciaire, il y a quelque dix-huit mille ou vingt mille ans, tandis que les rochers rouges et verts précambriens qui surplombaient l'eau bleue remontaient, eux, pratiquement aux origines du monde et du temps.

Nous nous sommes arrêtés pour observer la rivière en aval. « Tu te rappelles », ai-je demandé à mon père, « quand on avait ramassé plein de pierres rouges et vertes, par ici, pour construire notre feu ? Il y en avait qui étaient en fait de l'argile et qui étaient striées de petites vagues ».

« Et il y en avait qui étaient piquetées de gouttes de pluie », a-t-il dit. Ça le faisait toujours rêver de se trouver devant la trace de pluies immémoriales qui avaient frappé l'argile avant que ces mottes ne se transforment en pierres.

« Il y a de cela presque un milliard d'années », ai-je dit, sachant ce qu'il pensait.

Il s'est tu un moment. Il avait cessé de croire que Dieu avait créé le monde tel qu'il existe, y compris la Blackfoot River, vite fait bien fait, en une petite semaine, mais il ne pensait pas non plus que cela méritait que Dieu s'y attelle *ad vitam aeternam*.

« Presque un demi-milliard d'années », a-t-il corrigé, s'efforçant ainsi de montrer comment on pouvait concilier science et religion. Mais il ne désirait pas passer le temps qu'il lui restait à vivre en vaines arguties, aussi s'est-il hâté d'ajouter : « Dire qu'on avait remonté ces énormes pierres en haut de la berge et que maintenant je ne peux même plus descendre dans les gravillons. Mais deux bassins plus bas, le lit de la rivière s'évase et l'eau est presque au niveau de la berge. C'est là que je vais m'installer pour pêcher. Vous deux, vous n'aurez qu'à pêcher dans les deux premiers bassins. Je vous attendrai au soleil. Prenez votre temps ».

« Tu vas faire une pêche du tonnerre », a dit Paul, et d'un seul coup Père a repris confiance. Puis nous l'avons vu s'éloigner.

Nous l'apercevions par moments qui avançait le long de cette rivière qui constituait jadis le fond d'un grand lac glaciaire. Il tenait sa canne à pêche droit devant lui et, de temps en temps, il faisait un petit plongeon en avant, canne en l'air : on aurait cru qu'il rejouait une scène de l'ère glaciaire où il transperçait de son épieu un mastodonte velu pour le dévorer au petit déjeuner.

« Pêchons ensemble, tu veux ? » a dit Paul. J'ai alors su qu'il continuait à me tenir la main parce que d'habitude nous nous séparions presque toujours pour pêcher.

« D'accord », ai-je dit. « Je vais traverser et aller pêcher de l'autre côté » a-t-il dit. « Bon, d'accord », ai-je encore dit, et cette fois j'étais doublement touché. Sur la rive opposée, on était acculé à des falaises et à des arbres, ce qui fait qu'on était obligé de pratiquer le lancer roulé qui n'a jamais été mon fort. En plus, il y avait beaucoup de courant à cet endroit-là, ce qui rendait difficile la marche dans l'eau. À part pêcher, ce que Paul aimait plus que tout, c'est nager dans une rivière en tenant sa canne à pêche à la main. En fait, cette fois-là, il n'a pas eu besoin de nager, mais pendant qu'il traversait, le mur de l'eau montait parfois jusqu'à la hauteur de son épaule, tandis que derrière lui, l'eau atteignait à peine sa hanche. Les vêtements alourdis par l'eau, il a gagné le rivage à grand-peine, et une fois arrivé, il m'a fait un grand signe de la main.

Je suis descendu jusqu'au bord de l'eau pour me mettre à pêcher. Un vent frais avait soufflé du Canada sans amener d'orage magnétique, donc les poissons devaient en principe avoir quitté les fonds pour venir se nourrir en surface. Quand un cerf cherche un point d'eau pour boire, il rentre sa tête puis il l'allonge autant qu'il peut pour voir ce qu'il y a devant lui. Et moi, je me démanchais le cou pour essayer de décider quelle mouche prendre. Mais je n'avais pas besoin de regarder plus loin que mon nez. De grosses mouches maladroites venaient se cogner contre ma figure, s'agglutiner sur mon cou et se glisser sous mes vêtements. Etourdies, le ventre mou, elles étaient nées avant d'avoir une cervelle. Elles avaient passé un an à marcher sous l'eau avec leurs pattes, elles s'étaient hissées tant bien que mal sur un rocher ; là, elles s'étaient transformées en mouches, elles avaient copulé avec le neuvième et le dixième segment de leur abdomen, puis elles étaient mortes, propulsées à la surface de l'eau par le premier coup de vent, pour la plus grande joie des poissons qui rôdaient par là. Elles étaient tout ce qu'un poisson peut rêver : stupides, succulentes, et épuisées par la copulation. En fait, si on pense à la vie humaine, on voit bien que la plus grande partie se passe à marcher pesamment au fond de l'eau pour un bref moment d'envol, trop tôt et déjà trop tard.

Je m'étais assis sur un tronc d'arbre couché, j'ai ouvert ma boîte à mouches. Il fallait que je trouve une mouche qui corresponde exactement à celles que je voyais parce que, quand c'est leur saison, ou la saison de la mouche dite mouche des saumons, le poisson ne touche à rien d'autre. La preuve, c'est que Paul, que je surveillais du coin de l'œil, n'avait apparemment pas encore fait la moindre touche.

À mon avis, il ne devait pas avoir la bonne mouche, alors que moi je l'avais. Comme je l'ai expliqué, il transportait toutes ses mouches dans le ruban de son chapeau. Il était persuadé qu'avec quatre ou cinq mouches « générales » de tailles différentes, il pouvait imiter les mouvements de n'importe quel insecte aquatique ou terrestre à n'importe quel stade de son développement, de la larve à la mouche ailée. Il se moquait toujours de moi avec toutes mes mouches. « Ma parole », disait-il, « j'admire le type qui saurait utiliser ne serait-ce que dix de ces mouches ». Mais je vous ai déjà parlé de l'abeille, et je continue à penser qu'il y a des cas où une mouche « générale » ne fait pas l'affaire. Ce qu'il fallait aujourd'hui, c'était une grosse mouche avec un corps jaune à rayures noires qui devait évoluer dans l'eau les ailes déployées, un peu comme un papillon qui a eu un accident et qui essaie en vain de se sécher en battant des ailes à la surface de l'eau.

Cette mouche-là était si grosse et si éclatante que c'est la première que j'ai vue en ouvrant ma boîte. C'était ce qu'on appelle une « *Bunyan Bug* ». C'est un type de Missoula, un certain Norman Means, qui l'avait montée, il avait pour spécialité de monter toute une série de grosses mouches brillantes qui s'appellent toutes des *Bunyan Bugs*. Elles sont toutes montées sur gros hameçon, du numéro 2 ou du numéro 4, elles ont un corps de liège avec du crin bien raide dressé à l'oblique pour voguer vent en poupe comme une libellule allongée sur le dos. Les corps de liège sont peints de différentes couleurs et ils sont ensuite laqués. La plus grosse et la plus brillante de la centaine de mouches dont se mo-

quait mon frère était sans doute la *Bunyan Bug* numéro 2,
dite *Yellow Stone*.

Au premier coup d'œil que j'ai jeté sur elle, j'ai connu un
instant de bonheur parfait. Ma femme, ma belle-mère et ma
belle-sœur venaient, chacune à sa manière plus ou moins
indirecte, de me déclarer leur amour. De mon côté, à ma
manière plus ou moins indirecte, je leur avais déclaré le
mien. Il se pouvait que je ne revoie jamais mon beau-frère.
Ma mère avait retrouvé le matériel de pêche de mon père,
qui était revenu pêcher avec nous comme au bon vieux
temps. Mon frère se montrait affectueux et protecteur avec
moi. Il ne faisait pas la moindre touche et moi, j'étais sur le
point de faire un massacre.

Il est difficile de lancer les *Bunyan Bugs* face au vent,
parce que le liège et le crin les rendent légères par rapport à
leur taille. Mais même si le vent raccourcit le lancer, il permet en même temps de faire descendre la mouche en douceur et presque à la verticale jusqu'à la surface de l'eau, sans
éclaboussures indiscrètes. Ma *Yellow Stone* était encore sus-
pendue au-dessus de l'eau lorsque soudain, quelque chose
qui aurait pu être un hors-bord est passé à côté, l'a fait
rebondir en l'air, a tourné autour, et a mis pleins gaz pour
revenir foncer sur le point X où la *Yellow Stone* s'était posée.
Puis le hors-bord s'est transformé en sous-marin, disparais-
sant avec tout son équipage, y compris ma mouche, et faisant route vers les grands fonds. Je ne parvenais pas à donner
de la ligne aussi vite que ce qui filait à fond de train, et je ne
pouvais pas non plus en modifier le trajet. N'étant pas aussi
rapide que ce qui se trouvait sous l'eau, je l'ai inévitable-
ment obligé à venir faire surface. De là où j'étais, je ne
voyais pas ce qui se passait, mais mon cœur était au bout de
la ligne et il me télégraphiait ses impressions au fur et à
mesure. J'avais une impression d'ensemble, c'est que la vie

123

sous-marine s'était transformée en rodéo. Plus précisément, je comprenais qu'une grosse truite arc-en-ciel venue pêcher au soleil avait fait un double saut périlleux à la surface de l'eau, se heurtant par deux fois à ma ligne, et qu'elle s'était finalement dégagée de ma mouche qui était partie dinguer en l'air. Ce que je comprenais également, c'est qu'elle n'avait pas pris le temps de rester à admirer le paysage. La seule chose que j'aie pu constater par observation directe c'est que, quand j'ai rembobiné la ligne, il n'y avait rien d'autre au bout qu'un peu de bouchon et quelques crins provenant de la queue d'un cheval.

Les mouches de rocaille étaient aussi nombreuses qu'avant, les poissons continuaient à tourner dans l'eau calme, et j'avais appris quelque chose. Je n'aime pas beaucoup qu'on me fasse la leçon, même quand c'est moi qui me la fais. Mais avant d'effectuer le lancer suivant, j'ai insisté sur le fait que si les grandes truites arc-en-ciel viennent dans les eaux calmes, c'est parfois parce que c'est là que les insectes aquatiques viennent éclore. « Toujours prêt », me suis-je dit à moi-même, me rappelant une vieille devise. J'ai aussi bien voulu écouter le conseil que je me donnais d'avoir dans ma main gauche plusieurs longueurs de fil supplémentaire pour donner un peu de mou quand la prochaine truite arc-en-ciel filerait après être venue rôder dans les parages.

Et donc, par cet après-midi radieux où tout venait concourir à l'harmonie générale, il me fallut un lancer, un poisson, et quelques conseils acceptés de plus ou moins bonne grâce, pour accéder à la perfection. Je n'ai plus manqué une seule truite.

À partir de ce moment-là, je leur ai laissé tellement de champ que parfois, dans leur élan, elles traversaient la rivière et allaient bondir sous le nez de Paul.

Quand j'étais enfant, une maîtresse à l'école m'avait

interdit de dire « encore plus parfait » parce que, disait-elle, une fois qu'une chose est parfaite, elle ne peut pas l'être davantage. Mais depuis, la vie m'avait appris qu'en fait, c'est moi qui avais raison. Vingt minutes plus tôt, j'avais connu le bonheur parfait. Mais je voyais mon frère à présent qui, tous les deux ou trois lancers, enlevait son chapeau pour changer de mouche. J'avais dans mon panier cinq ou six grosses truites arc-en-ciel qui commençaient à me faire mal à l'épaule, j'ai donc déposé le panier sur le rivage. De temps en temps, je me retournais pour le regarder, et je souriais à sa vue. Secoué de l'intérieur, le panier cognait contre la pierre et il a même fini par tomber sur le côté. Même si cela bousculait la grammaire, à chaque nouvelle truite arc-en-ciel que je prenais, mon bonheur était encore plus parfait.

Mon panier venait de cogner encore plus fort que précédemment quand, soudain, j'ai entendu un grand plouf dans l'eau, à gauche de l'endroit où je lançais. « Ça par exemple ! » me suis-je dit avant même de regarder. « Il n'y a rien de cette taille qui nage dans la Blackfoot. » Quand j'ai osé regarder, je n'ai rien vu d'autre que de larges cercles concentriques dans l'eau. Finalement, le remous a fini par atteindre mon genou. « Ça doit être un castor », ai-je pensé. J'attendais qu'il fasse surface quand soudain : un autre plouf derrière moi. « Ça par exemple ! » ai-je redit. « Si c'était un castor, je l'aurais vu passer près de moi à la nage. » Pendant que je me démanchais le cou à regarder derrière moi : un troisième plouf, juste devant moi, assez près pour me déranger, mais assez près aussi pour que je puisse observer ce qui se passait dans l'eau. À l'endroit même où la foudre avait frappé, la vase remontait du fond comme de la fumée. Une grosse pierre était posée à l'endroit d'où provenait la fumée.

Pendant que je faisais le lien entre le moment précédent et

la pierre, là, au fond, il y a eu encore un grand plouf, mais cette fois, je ne me suis même pas donné la peine de sursauter.

Un castor, tu parles ! Sans même regarder, j'avais compris que c'était mon frère. Ce n'était pas une chose qu'il faisait souvent – seulement quand son partenaire attrapait des poissons et lui pas. L'événement était rarissime, mais c'était plus qu'il n'en pouvait supporter. Il fallait qu'il vienne troubler l'eau où pêchait l'autre, même si l'autre était son propre frère. J'ai levé les yeux juste à temps pour voir une grosse pierre ronde tomber du ciel, mais je ne me suis pas écarté à temps pour éviter de me faire entièrement asperger. Paul avait enlevé son chapeau et il me menaçait du poing. Je savais qu'avant de lancer les pierres, il avait fait le tour de son ruban de chapeau et épuisé toute sa collection de mouches. À mon tour, je l'ai menacé du poing et je suis sorti de l'eau pour aller retrouver mon panier qui était encore agité de soubresauts. De ma vie entière, je n'avais eu droit qu'une ou deux fois au coup des pierres jetées dans l'eau. Mon bonheur était plus parfait que jamais.

Qu'il m'ait bousillé mon plan d'eau avant que j'aie fini de remplir mon panier, ça m'était bien égal puisqu'il en restait encore un avant d'aller rejoindre notre père. Le deuxième plan d'eau était un bel endroit, sur fond de falaise, et avec de l'ombre. Là où je venais de pêcher, la rivière était presqu'entièrement exposée au soleil. Le temps s'était un peu rafraîchi mais il faisait encore assez chaud pour que le plan d'eau ombragé soit encore plus propice que l'autre. Avec une *Yellow Stone* numéro 2, je n'aurais sûrement aucun mal à finir de remplir mon panier.

Paul et moi sommes descendus en aval, chacun de notre côté, et c'est seulement vers la fin du plan d'eau qu'il est devenu possible de s'entendre crier d'un bord de la rivière à l'autre. Je savais combien ça devait lui coûter d'avoir à crier comme un sourd : « À quoi est-ce qu'elles ont mordu ? » J'entendais avec délectation le dernier mot « mordu » se répéter en écho sur l'eau.

J'ai attendu que l'écho s'arrête et j'ai crié à mon tour : « Des *Yellow Stones* ! » Les mots se sont répétés en écho, et ils ont fini par se fondre parmi les autres bruits de la rivière. Pendant ce temps-là, Paul faisait tourner son chapeau entre ses mains.

Peut-être que je commençais à avoir un peu honte. « Je me suis servi d'une *Bunyan Bug* », ai-je crié. « Tu en veux une ? »

« Non », a-t-il crié avant que « veux une » ait eu le temps de se répéter en écho, ce qui fait que son « non » et mon « veux une » se sont croisés à mi-chemin.

« Je vais t'en apporter une ! » ai-je crié en mettant mes mains en cornet. C'est une longue phrase à lancer d'un bord à l'autre, la première moitié de la phrase se heurtait, sur son chemin de retour, à la deuxième moitié qui venait de commencer. Je ne savais pas si Paul avait compris ce que je disais, mais la rivière continuait à dire « non ».

Pendant que j'étais là, les pieds dans l'eau calme et ombragée, j'ai remarqué distraitement qu'il n'y avait aucun essaim de mouches de rocaille. J'aurais dû réfléchir à ce phénomène. Mais au lieu de ça, je me suis retrouvé à rêvasser sur les questions de caractère. Il est assez naturel en somme, quand on vient d'avoir le dessus sur quelqu'un, de s'interroger sur le caractère de ce quelqu'un. Je me disais que mon frère, chaque fois qu'il se trouvait en mauvaise posture, ne comptait que sur lui-même pour se tirer d'affaire. Il ne pensait pas une seconde qu'il aurait pu se servir de mes mouches. Cela m'a lancé dans toute une série de réflexions, avant de reprendre pied dans la réalité et de retrouver mes mouches de rocaille. J'ai commencé par me dire que, frère ou pas, mon frère était une vraie tête de mule. Cette idée m'a fait remonter jusqu'aux Grecs pour qui refuser l'aide d'autrui pouvait aller jusqu'à entraîner la mort. Puis je me suis rappelé que mon frère, dans la vie, avait presque toujours le dessus, et souvent justement parce qu'il n'empruntait pas les mouches des autres. D'où j'ai conclu que notre attitude, tel jour donné, vis-à-vis de tel ou tel caractère, dépend en grande partie de l'attitude qu'adoptent, le même jour, les poissons vis-à-vis de ce même caractère. Penser à l'attitude des poissons m'a ramené à la réalité immédiate, et je me suis dit : « Il me reste encore un dernier plan d'eau ».

Je n'ai pas fait la moindre touche et je n'ai pas vu la moindre mouche de rocaille. C'était pourtant la même rivière qu'un peu plus haut, où j'aurais pu pêcher mon quota en quelques minutes si mon frère ne s'était pas amusé à jeter des pierres dans l'eau. Ma précieuse *Bunyan Bug* commençait à me paraître tout aussi artificielle qu'aux poissons. Je trouvais qu'elle ressemblait à un matelas pneumatique. Je l'ai lancée en amont et l'ai laissée redescendre doucement le courant, avec naturel, comme si elle venait de mourir. Puis je l'ai laissée tomber dans l'eau, plouf, comme si un coup de vent l'avait amenée là. Puis je lui ai fait faire des zigzags tout en la ramenant vers moi, comme si elle essayait de prendre son envol. Mais elle continuait à ressembler à un matelas pneumatique. Je l'ai enlevée, j'ai essayé plusieurs autres mouches. Il n'y en avait aucune sur l'eau qui puisse me servir de point de comparaison. Et il n'y avait pas un poisson qui vienne sauter à la surface. J'ai commencé à jeter des coups d'œil furtifs, par-dessous le bord de mon chapeau, à la rive opposée. Paul n'avait pas beaucoup plus de succès que moi. Je l'ai vu attraper un poisson, puis faire demi-tour et regagner la berge avec sa truite, ça ne devait donc pas être un poisson bien formidable. Je trouvais le moment présent un peu moins qu'encore plus parfait.

Alors Paul s'est mis à faire une chose qu'il ne faisait pratiquement jamais, du moins depuis qu'il avait l'âge de savoir ce qu'il faisait. Il s'est mis à pêcher à contre-courant en remontant vers les eaux où il venait de pêcher. C'est plutôt mon genre à moi, de faire une chose pareille, si j'ai le sentiment que je n'ai pas pêché comme il faut ou sous l'angle qu'il faut. Quand mon frère, lui, pêchait, il partait du principe qu'il ne laissait rien derrière lui qui puisse le faire revenir sur ses pas. J'étais tellement stupéfait que je me suis adossé à une grosse pierre pour admirer le spectacle.

Presque immédiatement, il s'est mis à ramener des truites. Des grosses, et il ne passait pas des heures à les ramener, croyez-moi. Je trouvais qu'il donnait trop peu de mou et qu'il les ramenait trop vite mais, en même temps, je comprenais ce qu'il faisait. Il était parti pour faire un massacre et il ne voulait pas qu'un poisson, en se débattant de toutes ses forces dans l'eau, fasse fuir les autres. Il en tenait un, justement, et il tenait la ligne si tendue qu'il tirait littéralement le poisson hors de l'eau. Quand le poisson a sauté il s'est penché en avant avec sa canne, et il a brutalement renvoyé le poisson à l'eau. Plein d'air, le poisson a glissé à la surface en se servant de sa queue comme d'une hélice de bateau à moteur, attendant de remettre son système sous-marin en route pour pouvoir à nouveau plonger dans l'eau.

Paul dut perdre un ou deux poissons dans le lot mais quand il arriva à l'embouchure du plan d'eau, il en avait bien pris une bonne dizaine.

Alors il leva les yeux sur mon côté de la rivière et il me vit assis à côté de ma canne. Il se remit à pêcher, s'arrêta, me lança un autre coup d'œil. Il mit ses mains en cornet et cria : « Est-ce que tu as le hackle jaune numéro 2 de George avec une aile en plume et pas en crin ? » Il y avait un fort courant et je ne saisis pas immédiatement tous les mots. C'est « numéro 2 » que j'entendis en premier parce que c'est drôlement costaud, comme hameçon, ensuite « George », parce que c'est notre copain, et enfin « jaune ». Muni de ces informations, je me mis à regarder dans ma boîte, laissant aux autres mots le soin de s'organiser en phrase un peu plus tard.

L'ennui, quand on transporte, comme moi, une boîte bourrée de mouches, c'est que la moitié du temps, on ne trouve quand même pas celle qu'on cherche.

« Non », fus-je obligé de lancer au-dessus de l'eau, et l'eau, comme à plaisir, répéta mon « non » en écho.

« J'arrive », répondit Paul, et je le vis marcher dans l'eau à contre-courant.

« Non », criai-je à son intention, ce qui voulait dire : n'interromps pas ta pêche à cause de moi. Mais quand on se parle d'un bord d'une rivière à l'autre, il est très difficile de faire entendre des sous-entendus et il est on ne peut plus facile au contraire de n'en tenir aucun compte. Mon frère s'avança jusqu'à la sortie du premier plan d'eau, où l'eau était basse, et il traversa.

Le temps qu'il me rejoigne, j'avais à peu près reconstitué la démarche qui lui avait permis de calculer où le poisson allait mordre. À partir du moment où il s'était mis à pêcher en remontant le courant, je l'avais vu tenir sa canne tellement à l'oblique et laisser tellement de mou dans la ligne qu'il pêchait sans aucun doute avec une mouche noyée qu'il laissait s'enfoncer dans l'eau. En fait, le mou était tel qu'elle devait bien s'enfoncer d'une bonne quinzaine de centimètres. Cela voulait dire que quand moi je pêchais avec la même méthode, dans le plan d'eau précédent, j'avais une guerre de retard. Avec « numéro 2 », je comprenais bien sûr qu'il devait s'agir d'une grosse, grosse mouche, mais « jaune » pouvait vouloir dire des tas de choses. Quand il vint me rejoindre, ma grande question , c'était : « Est-ce que l'appât auquel ils mordent est un insecte aquatique à l'état de larve ou de nymphe, ou est-ce que c'est une mouche noyée ? »

Paul m'a donné une petite tape dans le dos et une des mouches numéro 2 de George, à hackle jaune avec des ailes de plume. Il m'a dit : « Ils se nourrissent de mouches de rocaille noyées. »

Je lui ai demandé : « Et comment as-tu découvert ça ? »

En reporter qu'il était, il cherchait à reconstituer l'enchaînement exact de ce qui s'était passé. Il commençait une réponse, secouait la tête quand il s'apercevait qu'il faisait fausse route, et reprenait au début. « L'idée », a-t-il dit, « c'est de repérer un truc qui te permet de voir un truc que tu n'avais pas remarqué jusque-là et qui, lui, te permet de repérer un truc qui n'est même pas visible ».

J'ai dit à mon frère : « Passe-moi une cigarette et explique-moi ce que tu veux dire. »

« Eh bien », m'a-t-il dit, « le premier truc que j'ai remarqué, dans ce plan d'eau, c'est que mon frangin faisait chou blanc. Un pêcheur, ça remarque tout de suite que son partenaire n'attrape rien. Ça m'a fait penser que je n'avais pas vu une seule mouche de rocaille voler dans le coin ».

Et alors il m'a demandé : « Qu'est-ce qu'il y a de plus évident, sur terre, que le contraste entre l'ombre et la lumière ? N'empêche que c'est seulement quand j'ai constaté l'absence de mouches de rocaille que je me suis rendu compte que le plan d'eau où elles éclosent est presque entièrement exposé au soleil alors que celui-ci est à l'ombre ».

J'avais déjà soif avant, et la cigarette ne faisait que m'assécher encore plus la bouche, alors je l'ai jetée dans l'eau.

131

« C'est comme ça que j'ai compris », a-t-il poursuivi, « que s'il y avait des mouches ici, elles venaient forcément du plan d'eau qui est exposé au soleil, parce qu'elles ont besoin de chaleur pour éclore. Logiquement, j'aurais dû les voir flotter, mortes, à la surface de l'eau. Comme je ne les voyais pas flotter à la surface de l'eau, c'est qu'elles devaient se trouver sous l'eau, à au moins une quinzaine de centimètres de la surface. Alors c'est là que j'ai lancé ma ligne ».

Paul était adossé à un gros rocher, les mains derrière la nuque pour poser sa tête. « Avance un peu dans l'eau, par là, et essaye la numéro 2 de George », m'a-t-il dit, en me montrant du doigt la mouche qu'il venait de me donner.

Je n'ai pas attrapé de poisson tout de suite, d'ailleurs le contraire m'aurait étonné. Mon côté de la rivière était celui des eaux calmes, ce qui, pour le plan d'eau précédent, était le bon côté, puisque c'est là que les mouches de rocaille venaient éclore. Mais une fois noyées, les mouches étaient emportées par le courant vers la rive opposée. Tout de même, au bout de sept ou huit lancers, j'ai vu se former un petit rond dans l'eau. Un rond de ce genre indique généralement qu'un petit poisson est monté à la surface, mais ça peut aussi vouloir dire qu'un gros poisson vient de se retourner dans l'eau. Un gros poisson qui se retourne dans l'eau ressemble moins à un poisson qu'à un morceau d'arc-en-ciel qui, à peine apparu, disparaît aussitôt.

Paul n'a même pas attendu de voir si je ramenais mon poisson sans encombres, il s'est avancé dans l'eau pour me parler. Et il a continué à me parler comme si c'était commode pour moi de faire attention à ce qu'il disait pendant que j'étais aux prises avec un gros poisson. J'ai entendu : « Je vais retourner là-bas pêcher ce qui reste ». Je disais « oui », distraitement, à ce qu'il me disait. Quand le poisson a sorti la tête hors de l'eau, je suis resté sans voix. Quand il a essayé de filer aussi loin qu'il le pouvait, j'ai attendu qu'il soit à bout de course, et j'ai dit : « Répète-moi, s'il te plaît ».

Nous avons fini par nous comprendre. Paul allait retraverser la rivière et finir de pêcher de l'autre côté. Il fallait qu'on se dépêche un peu, tous les deux, parce que Père nous attendait sans doute déjà. Paul a jeté sa cigarette dans l'eau et est reparti sans prendre le temps de voir si j'avais réussi à capturer mon poisson.

Non seulement j'étais du mauvais côté de la rivière pour pêcher à la mouche de rocaille noyée, mais en plus, Paul était suffisamment fort au lancer roulé pour avoir déjà pris, de là où il était, presque tous les poissons de mon côté. J'en ai quand même pris encore deux. Eux aussi avaient commencé par apparaître comme des gobages de petits poissons qui viennent se nourrir en surface, pour se révéler des morceaux d'arc-en-ciel sous l'eau. Après ces deux-là, je me suis arrêté. Ça m'en faisait dix, et les trois derniers étaient les trois plus beaux de toute ma carrière de pêcheur. Ce n'étaient ni les plus gros ni les plus spectaculaires, mais c'étaient les trois poissons que j'avais pris parce que mon frère avait traversé la rivière pour me donner la mouche qui allait me permettre de les attraper, et parce que ce fut ma dernière pêche avec Paul.

Après avoir nettoyé mes poissons, j'ai mis ces trois-là à part sur une couche d'herbe, avec des brins de menthe sauvage.

Puis j'ai soulevé le lourd panier, j'ai ajusté la bandoulière sur mon épaule dans une position qui ne me faisait pas mal et je me suis dit : « C'est terminé pour aujourd'hui. Je vais redescendre et aller m'asseoir sur la berge à côté de mon père et parler un peu avec lui ». Et j'ai ajouté : « S'il n'a pas envie de parler, on restera juste assis l'un à côté de l'autre ».

Devant moi, je voyais le soleil. La lumière éblouissante jaillissant soudain de l'ombre où je me trouvais donnait l'impression qu'une rivière née dans les entrailles de la terre et moi-même allions brusquement faire notre apparition sur terre. Je ne voyais encore que le soleil lui-même, et pas ce qui se trouvait dans sa lumière, mais je savais que mon père était assis quelque part sur la berge. Si je le savais, c'est que nous avions, lui et moi, souvent les mêmes réactions, par exemple pour décider à quel moment de la journée la pêche était terminée. Sans même voir ce qu'il y avait devant moi, j'étais sûr et certain qu'il était assis quelque part au soleil, en train de lire le Nouveau Testament en grec. Cela, je le savais à la fois d'instinct, et par expérience.

La vieillesse lui avait apporté des moments de totale sérénité. Même quand nous allions à la chasse au canard, dès que le grand vacarme des coups de feu, à l'aube, était terminé, il s'asseyait à l'affût, enveloppé dans une vieille couverture militaire, le Nouveau Testament en grec dans une main, le fusil dans l'autre. Quand un canard égaré passait par là, il lâchait son livre et brandissait son fusil. Une fois qu'il avait fini de tirer, il reprenait son livre, s'interrompant éventuellement pour remercier le chien de lui avoir rapporté la bête.

Les voix de la rivière cachée dans l'ombre n'étaient pas les mêmes que celles de la rivière ensoleillée qui s'étendait devant moi. Dans l'ombre, contre la falaise, la rivière était profonde. Elle s'enfonçait sinueusement, revenant parfois sur ses propres traces comme pour redire ce qu'elle avait déjà dit et s'assurer que le message avait été compris. Mais la rivière qui coulait devant moi jaillissait dans ce monde ensoleillé en jasant à tort et à travers, et s'efforçait de manifester à tous une égale amabilité. Elle s'inclinait vers une berge, puis vers l'autre, prenant bien soin de ne froisser personne.

Je commençais à distinguer ce qui était dans la lumière et j'avais repéré mon père. Il était assis tout en haut de la berge.

Il était tête nue. Éclairés par le soleil, ses cheveux roux étaient à nouveau flamboyants. Il lisait, mais seulement phrase à phrase, détachant souvent les yeux de son livre. Quand il m'a aperçu, il n'a pas fermé son livre tout de suite.

Je me suis hissé pesamment en haut de la berge et je lui ai demandé : « Tu en as pris combien ? » À quoi il a répondu : « J'ai pris mon content ». « Oui, mais ça fait combien ? », ai-je insisté. « J'ai dû en prendre quatre ou cinq », a-t-il dit. « Des beaux ? » ai-je demandé. « Magnifiques », a-t-il répondu.

Je n'ai, je crois, connu que lui pour utiliser le mot « magnifique » comme un terme tout à fait courant dans la conversation. Et c'est, j'imagine, à force d'être avec lui quand j'étais petit que j'ai pris la même habitude.

« Et toi, tu en as pris combien? », m'a-t-il demandé. « Moi aussi, j'ai pris mon content », ai-je dit. Il ne m'a pas demandé combien de poissons ça faisait, mais il m'a demandé : « Des beaux ? » « Magnifiques », ai-je répondu, et je me suis assis à ses côtés.

« Qu'est-ce que tu lis ? », ai-je demandé. « Un livre », a-t-il répondu. Le livre était posé par terre, à côté de lui, du côté où je n'étais pas. Pour que je n'aie pas à me pencher sur ses genoux pour aller regarder le titre, il a ajouté : « Un bon livre ».

Puis il m'a dit : « Dans le passage que je lisais à l'instant il est dit qu'au commencement était le Verbe, et c'est vrai. J'ai longtemps cru que c'était l'eau qui était au commencement de tout, mais si tu écoutes bien, tu t'apercevras que sous l'eau il y a déjà les paroles ».

« Ça, c'est parce que tu es pasteur avant d'être pêcheur », lui ai-je dit. « Si tu demandes à Paul, il te dira que les paroles naissent de l'eau elle-même. »

« Mais non », a dit mon père, « c'est que tu ne sais pas

écouter. L'eau coule sur les paroles. Paul te dira la même chose. À propos, où est-il ? »

Je lui ai expliqué qu'il était reparti pêcher dans le premier plan d'eau. « Mais il a promis de venir nous rejoindre bientôt », ai-je dit. « Il viendra quand il aura pris son quota », a dit mon père. « Il ne va plus tarder », ai-je affirmé à nouveau, et d'ailleurs j'apercevais déjà sa silhouette masquée par les ombres.

Mon père a repris sa lecture et je me suis mis à écouter autour de moi pour vérifier ce que nous venions de dire. Paul pêchait sans perdre de temps, attrapant un poisson ici, un autre là, sans se donner la peine de les ramener sur la rive. Quand il est passé en face de nous, il a levé un doigt de chaque main et mon père a dit : « Il lui en manque encore deux pour atteindre son quota ».

J'ai jeté un coup d'œil pour voir à quelle page son livre était ouvert et j'ai reconnu le mot *Logos*, le Verbe. J'ai compris, à la lumière de la discussion précédente, qu'il s'agissait du premier verset de l'Évangile selon saint Jean. Pendant que je regardais, mon père a annoncé : « Il en a un ».

C'était difficile à croire, car il se trouvait à notre hauteur, de l'autre côté du plan d'eau où mon père venait lui-même de pêcher. Mon père s'est levé lentement, il a choisi une pierre de bonne taille et l'a tenue cachée derrière son dos. Paul a déposé son poisson et est reparti dans l'eau pour aller attraper ce vingtième poisson qui allait lui permettre d'atteindre son quota. Au moment précis où il attaquait son premier lancer, mon père a lancé la pierre. C'était un vieil homme, il la lança maladroitement et dut ensuite se frotter l'épaule, mais la pierre atterrit dans la rivière à peu près au même endroit que la mouche de Paul et à peu près en même temps : cela vous permet de comprendre d'où mon frère tenait cette habitude de lancer des pierres dans la zone de

136

pêche de son partenaire quand il ne supportait plus de le voir continuer à attraper des poissons.

Paul marqua un instant de surprise. Puis il vit Père sur la berge qui se frottait l'épaule, alors il rit, le menaça du poing, puis retourna sur la rive et redescendit le courant jusqu'à se mettre hors de portée des pierres. Il retourna alors dans l'eau et se remit à lancer. Il était trop loin de nous pour que nous puissions voir sa ligne ou les boucles qu'elle décrivait. C'était un homme debout dans la rivière avec sa baguette magique, et nous ne pouvions essayer de comprendre ce qui se passait qu'à partir des mouvements de l'homme, de la baguette et de la rivière.

Tout en s'avançant dans l'eau, il décrivait des mouvements pendulaires de son puissant bras droit. À chaque mouvement de son bras, sa poitrine se gonflait. Les arcs-de-cercle qu'il décrivait étaient de plus en plus rapides, de plus en plus amples. À la fin, son bras était brandi comme un défi et sa poitrine bravait le ciel. D'où nous étions, nous étions convaincus, même sans voir sa ligne, que l'air au-dessus de lui résonnait des coups de fouet qui ne touchaient jamais l'eau mais qui faisaient des boucles de plus en plus grandes chaque fois que le fil passait en vrombissant. À voir le défi croissant de son bras, nous savions ce qu'il avait en tête. Il n'allait pas laisser sa mouche toucher l'eau près de la rive, là où se trouvent les poissons petits ou de taille moyenne. À voir son bras et sa poitrine, nous savions que tout son corps avait une seule pensée : « Le dernier ne sera pas n'importe quoi ». Tout concourait à un dernier lancer spectaculaire pour que le dernier poisson soit aussi le plus beau.

De notre position surélevée, à l'oblique, mon père et moi pouvions voir le point éloigné où la baguette magique allait pour la première fois faire toucher l'eau à la mouche. Au milieu de la rivière, il y avait un gros rocher en forme d'iceberg dont seule la pointe émergeait, la partie immergée formant une sorte de forteresse de pierre. Il y avait là tout pour plaire à de gros poissons : un fort courant qui amène les provisions jusqu'à la porte de devant et à celle de derrière, et un abri calme et ombragé.

« Il y en a forcément un gros là-bas », a dit mon père.

« Un petit ne pourrait pas y vivre », ai-je dit à mon tour.

« Le gros ne le laisserait pas », a dit mon père.

Mon père savait, à voir la poitrine dilatée de Paul, qu'il allait laisser la prochaine boucle de fil se poser sur l'eau. La dilater davantage, c'était impossible. « Moi aussi je voulais pêcher là-bas », a dit mon père, « mais je ne pouvais pas lancer assez loin ».

Le corps de Paul a pivoté comme celui d'un joueur de golf qui s'apprête à faire un très long drive, son bras s'est levé en décrivant un grand arc-de-cercle, la pointe de sa baguette magique s'est repliée comme un ressort. À partir de là, il n'y a plus eu que brusque élan, air qui vibre, sifflement.

Et puis soudain, c'était fini. L'homme était immobile. Il n'y avait plus dans la baguette ni ressort' ni élan. Elle indiquait dix heures au cadran, et dix heures menait droit au rocher. L'espace d'un instant, l'homme a eu l'air d'un maître d'école qui montre de sa baguette un rocher pour illustrer sa leçon sur le rocher. Seule l'eau bougeait. Quelque part au-dessus du rocher-forteresse, une mouche a été propulsée dans une eau au courant si fort que seul un gros poisson pouvait se trouver là pour la voir.

Puis l'univers s'est engagé sur son rail électrique. La baguette a été secouée de soubresauts au contact du courant magique du monde. Elle a tenté de s'échapper de la main droite de l'homme. Quant à la main gauche, elle avait l'air de faire des adieux frénétiques à un poisson. En fait, elle essayait de donner assez de mou à la ligne pour réduire la secousse et atténuer le choc provoqué par ce qui venait de mordre.

Tout semblait chargé d'électricité mais, en même temps, les courants n'étaient pas reliés entre eux. Des étincelles apparaissaient ici ou là sur la rivière. Un poisson sauta si loin en aval qu'il semblait hors de la portée du champ magnétique de l'homme, mais au moment où nous avions vu le poisson sauter, nous avions aussi vu l'homme incliner légèrement sa canne en arrière, et c'est alors que le poisson était retombé dans l'eau, d'un mouvement incontrôlé. Le lien entre les convulsions et les étincelles devint plus évident du fait de sa répétition. Chaque fois que l'homme tirait sur la canne et que le poisson rentrait dans l'eau sans l'avoir tout à fait voulu, la canne était à nouveau saisie de convulsions, la main de l'homme faisait à nouveau des adieux frénétiques et là-bas, tout en bas, à nouveau un poisson sautait. Le lien une fois établi, cela devint le même poisson.

Le poisson fit encore trois trajets de ce genre dans l'eau avant que ne commence un autre numéro du spectacle. Même si ce numéro avait pour protagonistes un homme de bonne taille et un poisson de bonne taille, on aurait plutôt dit des enfants qui jouent. La main gauche de l'homme commença à récupérer de la ligne en douce puis, comme prise sur le fait, elle lâcha tout encore une fois, cependant que le poisson, inquiet de ce qui se tramait, essayait une fois de plus de prendre le large.

« Il va l'avoir », ai-je dit, confiant, à mon père.

« J'en suis bien certain », a dit mon père.

Quand Paul se retourna pour inspecter le fond de l'eau derrière lui, nous comprîmes qu'il allait progressivement amener son poisson jusqu'à la rive et qu'il ne voulait pas reculer dans un trou ou contre un rocher. Nous savions qu'il avait entraîné le poisson dans les eaux basses, car il tenait sa canne de plus en plus haut pour empêcher le poisson de se cogner contre quelque chose au fond. Juste au moment où nous pensions que le spectacle était terminé, la canne fut prise de convulsions, battit l'eau de sa ligne, luttant contre une force invisible qui filait vers les profondeurs.

« Ce putain de poisson n'a pas dit son dernier mot. » Je croyais avoir pensé cela tout bas, mais visiblement, je l'avais dit tout haut, et j'avais un peu honte d'avoir dit cela tout haut devant mon père. Lui se taisait.

Deux ou trois fois encore, Paul amena son poisson près de la rive, obtenant pour seul résultat que le poisson fasse volte-face et reparte vers le large, mais, même à cette distance, mon père et moi sentions que la puissance sous-marine commençait à faiblir. La canne se releva vers le ciel, l'homme marchait à reculons d'un pas vif mais régulier, c'étaient là des mouvements qui, traduits en termes d'événements, voulaient dire que le poisson avait essayé de se reposer un instant à la surface de l'eau et que l'homme s'était hâté de relever sa canne bien haut et de faire glisser le poisson à la surface jusqu'à la rive avant qu'il ait eu l'idée de replonger dans l'eau. Il le fit glisser entre les rochers jusqu'à un banc de sable bien dégagé avant même que le poisson en état de choc ait cherché sa respiration et découvert qu'il ne pouvait pas respirer hors de l'eau. En un ultime mouvement de désespoir, il se dressa sur le sable et épuisa les derniers instants de sa vie éphémère à danser la Danse de la Mort debout sur sa queue.

L'homme posa sa canne à terre, il se mit à quatre pattes dans le sable et, comme un animal, il se mit à décrire un cercle autour de l'autre animal et à attendre. Puis son épaule se redressa d'un coup, et mon frère se releva, nous fit face et, levant le bras, il se proclama vainqueur. Quelque chose de gigantesque pendait au bout de son poing fermé. Si des

Romains avaient pu le voir, ils se seraient dit que ce qu'il brandissait était un casque.

« Il a son quota », ai-je dit à mon père.

« Une bête magnifique », a dit mon père, malgré le fait que c'est en pêchant dans le plan d'eau qui était, juste avant, son propre poste de pêche, que Paul avait atteint son quota.

Ce poisson-là fut vraiment le dernier, nous ne devions plus jamais voir Paul en pêcher un autre. Mon père et moi avons souvent reparlé, par la suite, de ce moment et, quoi que nous ayons pu penser par ailleurs, nous nous sommes toujours dit qu'il était juste et approprié que, pour ce dernier poisson, nous n'ayons jamais vu la bête elle-même, mais seulement l'art et la manière du pêcheur.

Tout en continuant à regarder mon frère, mon père a tendu la main vers moi pour me donner une petite tape affectueuse sur le genou, mais il s'y est mal pris et il a dû tourner les yeux pour voir où se trouvait mon genou et refaire son geste. Il devait se dire que je me sentais un peu délaissé et il voulait me montrer qu'il était fier de moi aussi, mais pour d'autres raisons.

À l'endroit où Paul avait entrepris de traverser la rivière, l'eau était un peu trop profonde et le courant un peu trop fort, il le savait bien. Il se tenait légèrement penché au-dessus de l'eau, les bras écartés pour garder l'équilibre. Pour peu qu'on ait l'habitude de marcher dans ces grandes rivières, on sentait, même de loin, la force du courant qui faisait de ses jambes un appui flageolant, prêt à tout instant à se dérober pour venir monter à la surface. Paul a jeté un coup d'œil en aval pour estimer à quelle distance il se trouvait d'un endroit où il lui serait plus commode de traverser.

Mon père a dit : « Il ne va pas se donner le mal de descendre en aval pour aller chercher un meilleur endroit. Il va traverser à la nage ». Au même moment, Paul se disait la même chose, et nous l'avons vu mettre ses cigarettes et ses allumettes dans son chapeau.

Mon père et moi restions assis sur la berge, riant tous les deux de plaisir. Il ne nous venait pas à l'idée, ni à l'un ni à l'autre, de nous précipiter au bord de l'eau pour le cas où Paul aurait besoin d'aide, empêtré comme il l'était avec une canne à pêche dans la main droite et un panier bourré de poissons sur l'épaule gauche. Dans notre famille, c'était chose courante pour un pêcheur que de traverser une rivière à la nage avec ses allumettes dans les cheveux. Nous étions là à rire de plaisir parce que nous savions qu'il était en train de prendre un bon bain et que nous vivions ce bain avec lui, que nous étions charriés par le courant comme lui, et que dans une main nous tenions, dressée bien haut, sa canne à pêche.

En se rapprochant du rivage, Paul s'est remis debout, puis ses pieds se sont dérobés sous lui, et quand il a enfin pu reprendre pied, il émergeait un peu plus de l'eau, et il a atteint le rivage en titubant un peu. Il n'a même pas pris le temps de se secouer, il a escaladé la berge à toute vitesse. Il ruisselait de gouttes et d'images de lui-même qui jaillissaient de partout pour nous montrer ce qui débordait de son panier, et il nous arrosait copieusement, comme un jeune chien de chasse qui est allé chercher un canard et qui, dans sa joie, oublie de se secouer avant de venir vous rejoindre.

« Alignons-les tous sur l'herbe et prenons-les en photo », a-t-il dit. Nous avons donc vidé nos paniers, nous avons mis les poissons en rang par ordre de taille, et nous nous sommes relayés pour prendre en photo les poissons et nous avec, admirant les poissons. Une fois développées, les photos ressemblaient à toutes les photos d'amateur : les poissons, surexposés, étaient trop blancs et avaient l'air plus petits que dans la réalité, et les pêcheurs avaient l'air emprunté, comme s'ils posaient à côté de poissons qu'un guide aurait pêchés pour eux.

Pourtant, il y a un gros plan de Paul, en cette fin de journée, qui reste fixé dans mon esprit comme par un bain chimique. D'habitude, quand il avait fini de pêcher, il avait peu de choses à dire, sauf s'il trouvait qu'il aurait pu mieux faire. Le plus souvent, il se contentait de sourire. Cette fois-là, les mouches dansaient autour du ruban de son chapeau. De grosses gouttes d'eau coulaient de l'intérieur de son chapeau sur sa figure et, de là, sur ses lèvres quand il souriait.

En cette fin de journée, donc, je le revois à la fois comme une sorte d'allégorie abstraite de l'art de la pêche et comme une image en gros plan où se mêlent l'eau et les rires.

Cela intimidait toujours mon père d'avoir à faire un compliment à quelqu'un de sa famille, et cela nous intimidait tout autant qu'il nous en fasse un.

Il a dit : « Tu es devenu très fort, dis-moi ».

Mon frère a dit : « Je me débrouille pas trop mal avec une canne à pêche mais il me faut encore trois ans pour arriver à penser comme un poisson ».

Me rappelant qu'il avait atteint son quota en mettant le hackle jaune numéro 2 de George avec les ailes en plume, j'ai dit, sans bien me rendre compte de tout ce que je disais en disant ça : « Tu arrives déjà à penser comme une mouche de rocaille morte ».

Nous étions là, assis sur la berge, et la rivière coulait devant nous. Comme toujours, elle se racontait des tas de choses, et là, elle nous parlait aussi à nous. Il serait difficile de trouver trois hommes assis côte à côte qui comprennent mieux que nous ce que leur raconte la rivière.

Sur la Big Blackfoot, au-dessus de l'embouchure du Belmont Creek, les berges sont bordées de grands pins Ponderosa à écorce jaune. Dans la lumière oblique de cette fin d'après-midi, l'ombre des grandes branches se penchait sur la rivière, depuis l'autre rive. Les arbres semblaient enserrer la rivière. Et puis l'ombre a gagné la berge où nous étions et a fini par nous englober.

Une rivière a tant de choses à dire qu'il est difficile de distinguer ce qu'elle dit à chacun en particulier. Pendant que nous installions notre matériel et nos poissons dans la voiture, Paul a répété : « Tout ce que je demande, c'est trois ans ». Sur le moment, cela m'a étonné de l'entendre répéter ça, mais plus tard j'ai compris que la rivière, à un moment ou à un autre, avait dû me dire à moi aussi que cela lui serait refusé. Car quand un brigadier m'a réveillé avant l'aube, au début du mois de mai suivant, je me suis levé sans poser de questions. Nous sommes partis en voiture tous les deux, nous avons franchi la ligne de partage des Rocheuses, nous avons descendu la Blackfoot River sur toute sa longueur, en passant par des sous-bois jaunes et parfois blancs de muguet, pour aller annoncer à mon père et à ma mère que Paul avait été tué à coups de crosse de revolver et qu'on avait retrouvé son corps au fond d'une impasse.

Ma mère n'a rien dit, elle est allée dans sa chambre. Dans une maison pleine d'hommes, de cannes à pêche et de carabines, c'est presque toujours là qu'elle trouvait refuge lorsqu'elle devait faire face à un problème dans la vie. Sur cet homme qu'elle aimait tant et qu'elle comprenait si mal, elle ne me posa jamais la moindre question par la suite. Elle l'avait aimé, voilà tout, le reste, pour elle, était sans importance. C'était probablement le seul homme au monde qui l'ait jamais serrée dans ses bras pour, ensuite, se rejeter un peu en arrière en riant.

Quand j'ai eu fini de parler à mon père, il m'a demandé : « Est-ce qu'il y a encore autre chose que tu puisses me dire ? »

J'ai fini par dire : « Presque tous les os de sa main étaient brisés ».

Il était déjà à la porte, il s'est retourné pour me faire confirmer ce que je venais de dire. « Tu es sûr que les os de sa main étaient brisés ? » J'ai répété : « Presque tous les os de sa main étaient brisés ». « De quelle main ? », a-t-il demandé. « La main droite », ai-je répondu.

Après la mort de mon frère, mon père ne marcha plus jamais très bien. Il avait du mal à lever les pieds, et le pied, une fois levé, retombait au petit bonheur. De temps en temps, il fallait que je lui redise ce que j'avais dit quant à la main droite de Paul, puis il repartait en clopinant. Il n'arrivait pas à marcher tout à fait droit. Comme plus d'un pasteur écossais avant lui, il lui fallait tirer quelque réconfort du fait de se dire que son fils était mort en se battant.

Mais au début, il cherchait à se raccrocher à un peu plus que ça, tout de même. « Tu es certain que tu m'as dit tout ce que tu savais sur la façon dont il est mort ? » me demandait-il. Et je répondais : « Sûr et certain ». « Ça n'est pas grand-chose », soupirait-il. « Non », disais-je, « mais tu sais, on peut aimer sans forcément comprendre ». « Je sais », disait mon père, « c'est ce que j'ai prêché toute ma vie ».

Un jour, mon père est revenu à la charge avec une autre question. « Est-ce que tu crois que j'aurais pu l'aider ? », m'a-t-il demandé. Même si j'avais pris le temps de réfléchir, j'aurais fait la même réponse. « Et moi, est-ce que tu crois que j'aurais pu l'aider ? », ai-je répondu. Nous nous sommes tus, chacun de nous deux laissant l'autre à ses réflexions. Comment répondre à une question qui remet en question une vie entière ?

Beaucoup plus tard, il s'est enfin décidé à me poser une question qu'il voulait sans doute me poser depuis le début. « Est-ce que tu crois qu'il s'est trouvé pris au milieu d'un hold-up et qu'il a fait la bêtise de vouloir résister ? Tu comprends ce que je veux dire : que ça n'avait rien à voir avec son passé, tout ça ? »

« La police n'en sait rien », ai-je dit.

« Mais toi, qu'est-ce que tu en penses ? » Et je voyais bien ce qu'il voulait me faire dire.

« Je t'ai déjà dit tout ce que je savais. Si tu insistes vraiment, ce que je sais de lui, c'est que c'était un fichtrement bon pêcheur. »

« Plus que ça », a dit mon père. « Il était magnifique. »

« C'est vrai », ai-je dit. « Il était magnifique. C'est normal, c'est toi qui lui avais appris. »

Mon père a posé les yeux sur moi, il m'a regardé longuement sans rien dire. À dater de ce jour, il ne fut plus jamais question entre nous de la mort de Paul.

Sauf que, indirectement, Paul était souvent présent dans nos conversations. Un jour, par exemple, mon père m'a posé toute une série de questions qui m'ont amené à me demander si je comprenais vraiment cet homme qui, de tous les hommes, était pourtant celui dont je me sentais le plus proche. « Tu aimes raconter des histoires vraies, non ? », m'a-t-il demandé. Et j'ai répondu : « Oui, j'aime raconter des histoires qui sont vraies ».

Alors, il m'a demandé : « Une fois que tu en auras fini avec tes histoires vraies, pourquoi n'essaierais-tu pas, un jour, d'inventer une histoire et les personnages qui iraient avec ? C'est seulement comme ça que tu comprendras ce qui s'est passé et pourquoi. Ceux avec qui nous vivons, qui nous sont proches, et que nous sommes censés connaître le mieux, sont ceux qui nous échappent le plus ».

Aujourd'hui, presque tous ceux que j'ai aimés sans les comprendre quand j'étais jeune sont morts, mais je n'ai pas renoncé à chercher à les connaître.

146

Bien sûr, à mon âge, je ne vaux plus grand-chose comme pêcheur, et bien sûr, le plus souvent, je pêche seul dans les grandes rivières, malgré mes amis qui trouvent que ce n'est guère raisonnable. Souvent, comme beaucoup de pêcheurs à la mouche de l'ouest du Montana, où les jours d'été sont d'une longueur presque boréale, j'attends la fraîcheur du soir pour commencer à pêcher. Alors, dans le demi-jour boréal du canyon, tout ce qui existe au monde s'estompe, et il n'y a plus que mon âme, mes souvenirs, les voix mêlées de la Blackfoot River, le rythme à quatre temps et l'espoir de voir un poisson venir à la surface.

À la fin, toutes choses viennent se fondre en une seule, et au milieu coule une rivière. La rivière a creusé son lit au moment du grand déluge, elle recouvre les rochers d'un élan surgi de l'origine des temps. Sur certains des rochers, il y a la trace laissée par les gouttes d'une pluie immémoriale. Sous les rochers, il y a les paroles, parfois les paroles sont l'émanation des rochers eux-mêmes.

Je suis hanté par les eaux.

IMPRESSION : BRODARD ET TAUPIN À LA FLÈCHE
DÉPÔT LÉGAL : MAI 1993. N° 19508 (1799H-5)

Collection Points

SÉRIE ROMAN